KB216903

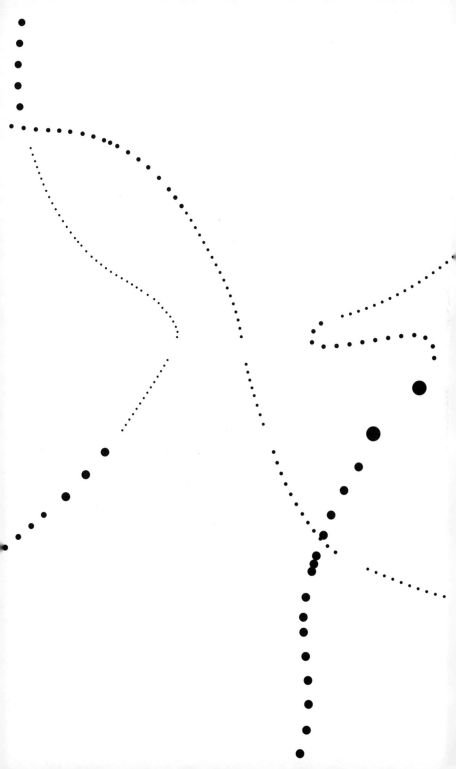

사ロ계절

이 소 영  장 편 소 설

# 차례

**슈퍼리그**

취업 시험을 대부분 가상현실로
보는 이 시대 젊은이들 사이의
은어이자 일반 기업의 취업 리그와
다르게 전 세계 최고의 기업들
몇몇이 만든 취업 리그만을
가리킨다.

　슈퍼리그는 18세 이상이면
누구나, 가상현실 기기로 어디서든
접속해 참가할 수 있으며 사람들
사이에서 마치 통과의례처럼
여겨진다.

# 1차

집 앞에 쓰러진 노인을 제대로 버려달라는 요청을 받고 갔다. 그곳에는 온몸이 피로 칠갑된 노인이 쓰러져 있고, 하늘에는 별독수리 무리가 고도를 낮추어 뱅글뱅글 돌고 있었다. 출근길의 사람들은 무심한 얼굴로 도로를 지나쳤다. 쓰레기차에서 내려 노인의 얼굴을 내려다보았다. 왜 그랬을까. 나에게 그 노인은 거리의 다른 시체들처럼 그저 별독수리에게 먹히길 바라는 사람으로 보이지 않았다.

요즘은 매장도 화장도 하지 않고 시체를 공원이나 길거리에 놔두는 게 제법 흔한 풍경이 되었다. 보통 그런 경우에 버려진 몸(혹은 스스로 버린 몸)에는 독한 약물이 뿌려져 있다. 제발 아무도 내 몸을 건들지 말아달라는 듯이. 정부는 거리 미관을 이유로 환경미화 로봇을 이용해 어떻게

든 시체를 처리하려 했지만, 그 끈적한 약물이 묻으면 로봇은 한동안 다른 일을 할 수가 없었다.

그래서 나 같은 사람에게도 일자리가 생겼다. 로봇도 치우지 못하는 걸 치우는 사람. 주로 거리를 돌며 별독수리에게 먹히고 남은 잔해를 치운다. 큰 뼛조각부터 돌멩이같이 작은 뼛조각까지 꼼꼼히 수거한다. 사람들이 그렇게까지 해서 별독수리에게 먹히길 바라는 건 그 과정을 통해 자기의 영혼이 저 멀리(현생에선 찾아볼 수 없는) 안식이 있는 곳으로 간다고 믿기 때문이다.

별독수리는 어느 날 갑자기 보이기 시작했다. 허공에서 하얀 독수리가 떼를 지어 나타났다. 몸통은 성인의 평균 몸 크기로 날개를 펴면 열 배는 더 크게 보였다. 까만 머리와 길쭉한 노란색 부리를 제외하면 나머지는 온통 하얬다. 빛을 받으면 온몸이 반짝거려 저 멀리서도 별독수리를 알아볼 수 있었다. 꼭 낮에 뜨는 별처럼 보였다. 별독수리의 날개는 우리가 으레 천사 하면 가장 먼저 떠올리는 그 날개를 닮았다. 사람들은 땅에 내려온 별독수리 무리를 향해 신의 대리자라며 수군거렸다.

이 독수리들의 특이점은 식이성에 있었다. 이들은 죽은 인간의 몸만 먹었다. 과학자들은 혹 이 새가 인간과 유사한 원숭이도 먹을까 싶어 원숭이 사체로 실험을 해봤지만, 이 도도한 존재는 오직 인간의 시체만 먹었다. 관찰 결과 이들은 탄저균이나 청산가리도 무리 없이 소화시켰다.

별독수리에게 시체가 먹히면 좋은 곳으로 간다는 말이 언제부터 떠돌게 되었는지는 알 수 없다. 하지만 노년층에서는 그 말이 마치 종교의식처럼 받아들여져 어느 시점부터 거리 곳곳에서 어렵지 않게 시체를 발견할 수 있었다. 피범벅인 내장을 먹어대는 별독수리의 모습은 처음엔 기괴하고 역겨웠으나 이제는 익숙한 일상이 되었다.

이 노인은 폭행을 당하고 버려진 거 같았다. 이대로 있다간 별독수리에게 먹힐 게 뻔했다. 선택의 순간이었다. 나는 그 노쇠하고 살갗밖에 안 남은 몸 가까이로 다가갔다. 일단 약품 냄새는 나지 않았고 미세한 호흡이 느껴졌다. 아직 살아 있다. 나는 더 가까이 다가가 그의 심장 근처에 귀를 가져다 댔다. 쿵쾅쿵쾅. 보기와는 다르게 세찬 소리가 들렸다.

확신이 섰다. 나는 그를 들쳐 업었다. 그리고 널브러져 있는 그의 가방을 앞으로 멨다. 등에 닿는 온기가 느껴졌다. 꼭 따뜻한 깃털 같았다. 노인이 내 허리춤을 꾹 잡는 게 느껴졌다. 이 남자 살고 싶구나…. 나는 쓰레기차를 먼저 퇴근시키고 노인을 업은 채 마더하우스로 향했다.


마더하우스. 이곳은 '죽음만큼은 인간적으로'라는 모토로 죽어가는 사람들을 돌보는 곳이다. 나는 청소 일을 마치면 이곳으로 봉사를 온다. 주로 하는 일은 배설물을 치우고, 쏟아지는 세탁물을 빨고 분류하고, 입소자들의 몸을 닦고, 음식을 먹이는 것이다. 현재 대부분의 요양시설에서는 로봇이 일을 한다. 하지만 이곳은 마더 테레사가 인도에 세운 마더하우스의 전 세계 지부 중 한 곳인 만큼 로봇이 아닌 인간이 인간을 보살피는 걸 원칙으로 한다. 보살피는 인간과 보살핌을 받는 인간 사이의 연결성이 서로에게 영성을 배울 수 있는 기회라고 믿기 때문이다.

여기에는 내 또래들이 꽤 있다. 대개 취업시장에서 실패하고 마땅히 일자리를 얻지 못해 거리를 떠돌아다니다가 이곳으로 온 것이다. 한마디로 말하자면 그들도 나도 배가 고팠다. 우리는 위 속에 영양가 있는 괜찮은 음식을 넣기 위해 무슨 일이든 해야 했다. 마더하우스에서 봉사하는 동안은 매일 두 끼의 식사를 먹을 수 있다.

오전 6시 마더하우스 본관에 집합해 기도문을 외우고 나면 긴 탁자에 놓인 식빵과 짜이, 바나나를 마음껏 먹는다. 여기서 먹는 바나나와 식빵은 내 평생에 처음 먹어보는 질 좋은 음식이었다. 음식들은 모두 마더하우스에 오랫동안 후원을 해온 북유럽 연합의 기업들이 보내온 것이다. 북유럽 연합은 멀쩡한 토양을 확보하고 있는 전 세계에서 몇 안 되는 나라들이기도 하다.

마더하우스에서 봉사를 시작한 이후로 내 체중과 컨디

션은 정상 범주에 가까워졌다. 이곳은 중세 수사처럼 침묵 속에서 하는 노동이 아닌 마더 테레사의 명랑함 속에서 일하기를 격려했다. 사실 이게 나에게는 가장 불편한 부분이었다. 억지로 명랑해지는 것.

나는 '칼리의 방' 제1구역에서 모두 서른 개의 침대를 담당했다. 각 침대마다 소박한 가리개가 달려 있고 한쪽 벽면에는 칼리 여신이 그려져 있다. 파란색 피부에 허벅지까지 오는 풍성한 검은 머리칼의 여신은 몸통에 남자 얼굴과 여러 개의 팔을 매달고 있다(인도 콜카타의 마더하우스에 그려진 모습을 본뜬 거라고 한다. 그곳은 마더하우스가 처음 세워진 곳으로 테레사 수녀가 노벨 평화상을 받은 곳이기도 하다). 마더하우스에 오는 사람들은 거의 다 무연고자들로 생의 대부분을 가난과 폭력에 시달리다가 코앞까지 온 죽음을 기다리며 이곳에서 마지막 시간을 보낸다.

봉사자들은 일을 시작하기 전에 세면대에서 깨끗이 손을 닦고 증강현실 장비인 장갑과 고글을 착용한다. 그러면 현실에서 처참한 몰골로 죽어가는 사람들이 판타지 속 동물로 보였고, 손에는 보들보들한 촉감이 느껴졌다. 귀엽고 사랑스러운 모습의 아기 용, 유니콘, 거대한 고양이들과 마주하다 보면 마더하우스의 봉사자가 아닌 판타지 세계의 수의사가 된 거 같다고들 했다. 입소자의 배설물을 치우는 중에도 봉사자들의 입가에는 은은한 미소가 서려 있다. 실제로 마더하우스의 청년들은 증강현실 속 노동을 통해 대체로 안정을 찾아나갔다.

현실이라는 색을 지운 파스텔 톤의 세계에서 청년들은 잠시나마 스스로가 누군가에게 도움이 되고 있다는 인식 속에 머물렀다. 그럴 때면 이제 현실에서는 찾아보기 힘든 자비 같은 것이 느껴진다고 했다. 한때 수녀님들은 죽어가는 사람을 돌보며 증강현실 장비를 사용하는 건 마더하우스가 보급하려는 영성과 맞지 않는다고 했다. 하지만 현재 증강현실을 사용하지 않는 요양시설을 찾아보기 힘든 실정에 그 의견은 곧 수그러들었다.

나는 증강현실 장비를 착용하지 않았다. 그도 그럴 것이 뼈를 수거하는 청소를 하다 보니 이젠 죽음이 가깝게 느껴졌다. 수녀님들에게 잘 보이기 위해서냐고 핀잔을 주는 사람도 있었다. 그의 세례명은 수산나. 제1구역에서 같이 일하는 수산나는 유일하게 증강현실 장비를 사용하는 수녀였다.

"형제님도 착용해보면 어때요? 일주일에 한 번 정도라도요."

수산나는 그렇게 말하며 자주 이해할 수 없다는 얼굴로 나를 바라보았다. 나도 수산나가 수녀를 하는 이유를 알기 어려웠다. 그는 수녀복을 입고 규율을 잘 지켰지만, 언뜻 나오는 말투나 눈빛에서 영적인 면은 느껴지지 않았다. 언젠가 수산나는 본인 역시 먹고 자는 문제 때문에 여기로 왔다고 했다. 수녀가 되면 잠자리까지 보장된다고.

"수녀님, 저는 괜찮습니다. 기기를 끼는 게 어색해서요."

우리는 서로 나이를 말한 적은 없지만 나는 수산나가 대략 또래일 거라고 짐작했다. 하지만 수녀와 봉사자는 적당한 거리를 유지하기 위해서라도 마더하우스에서는 꼭 존대를 해야 했다.

"형제님은 정말 늙은 엉덩이의 욕창 보는 걸 선호하는 겁니까?"

수산나는 눈앞에 누워 있는 이들이 아무것도 듣지 못한다는 듯이 거침없이 말했다. 그러고는 습관처럼 얼굴에 기기가 잘 착용되어 있는지 확인했다.

"얼굴이 귀여우면 똥도 귀여워 보이나요?"

나는 주름으로 가득한 입소자의 얼굴을 바라보며 혼잣말처럼 중얼거렸다. 그러자 수산나가 내게 물었다.

"형제님, 혹시 침 있죠?"

이건 사람과 흡사하게 생긴 로봇에게 주로 하는 말로 내 말투나 표현 방식이 기계 같다고 돌려 까는 거다.

"있습니다. 침."

나는 부러 혓바닥을 내보였다.

"어머. 정말 사람이시네."

수산나가 빈정대며 고개를 갸웃했다. 요즘은 냉장고 하

나에도 구구절절한 사연이 있다(인간의 호감과 동정심을 유발하기 위해 삽입된 서사다). 어린 시절 나는 청소기와 밥솥, 연필깎이 들의 사연에 귀 기울였다. 그중에서도 청소기는 나와 가장 가까운 친구였다. 청소기와는 그날그날 있었던 시시콜콜한 일들을 자주 이야기했다. 사람보다 로봇과 가까웠던 탓일까. 나는 종종 사람들에게 로봇 같다는 말을 들었다. 내가 아무 말이 없자 수산나도 그제야 내 시선을 따라 침대를 바라보았다.

"형제님, 파란 기린 말입니다."

아마 증강현실에서 노인은 갈비뼈가 그대로 드러나 보이는 기린의 모습일 것이다.

"네."

"지난번에 손가락 움직이는 걸 봤어요."

노인을 업어 온 지 삼 주 만이었다. 마더하우스의 유일한 의료 로봇(진단과 간단한 시술만 한다)이 진단하기 전에 나도 느낄 수 있었다. 이 노인은 곧 죽을 거라는 걸. 지난 삼 년 동안 나는 죽음의 다리를 건너는 사람들을 수없이 보아왔다. 맨눈으로 본 죽음들 덕분일까. 죽음이 가까워진 사람들은 보면 그냥 알 수 있었다.

"그런데 정말 확신할 수 있어요? 파란 기린이 별독수리에게 먹히길 원하지 않았다는 확신. 의식이 멀쩡했다면… 여기 오길 원하지 않았을 수도 있어요. 벽에 칼리 여신이 그려져 있어도 여긴 가톨릭이고, 요즘은 별독수리에게 시체를 먹히는 게 셀프 장례 의식처럼 받아들여지기도 하니까요.”

수산나의 말투에 불신이 묻어났다. 만약 그가 별독수리에게 먹히길 바랐던 거라면 나는 그가 한 마지막 삶의 결정권을 빼앗아버린 게 된다.

“내 허리춤을 꽉 잡았어요.”

“네?”

“업었을 때 말이에요. 죽으려는 사람이 있는 힘껏 힘을 주진 않잖아요. 그리고 마더하우스 수녀님들이라면 그냥 잘했다고 했을 일이에요.”

가톨릭 교황청은 공식적으로 성명서를 발표해 별독수리와 사후세계를 연결하는 사회적 풍토에 반대하며 이후로 더 많은 곳에 죽음을 기다리는 집인 마더하우스를 세웠다. 교회가 죽음의 문제에서 제외된다는 위기의식이 교황청을 움직였다.

“그렇군요? 저는 가보겠습니다. 아! 파란 기린은 형제님 담당이시잖아요. 바로 봐주세요. 똥을 지리셨거든요.”

수산나는 업무적인 어조로 말하고는 바로 돌아섰다. 나는 수건과 물통을 챙겨 입구에서 가장 먼 구석에 놓인 침대로 향했다. 노인은 이곳에 온 첫날보다 더 쪼그라든 몸으로 누워 있다. 그의 몸은 최소한의 살갗을 제외하고는 뼈밖에 없었고, 얼굴 여기저기에는 움푹 파인 흔적과 노랗고 푸른 멍 자국이 눈에 띄었다.

기저귀를 들추니 똥이 보였다. 나는 그의 바지와 기저귀를 벗기고 물수건으로 똥을 닦아냈다. 마무리를 하고 나니 손톱에 똥이 끼었다. 이렇게 긴 똥은 빼내는 게 아니라 깎아내야 한다. 이제는 익숙할 법도 한데 이런 장면과 마주할 때면 어김없이 나도 똥 같다는 생각이 든다.

"으, 우, 아, 우."

파란 기린이 작게 웅얼거렸다.

"안녕하세요."

내 말에 파란 기린이 힘겹게 눈꺼풀을 들어 올렸다. 초승달 같은 눈매 사이로 희미하게 보이는 눈동자는 회색빛에 가까웠다. 어쩌면 내가 그의 인생에서 마지막으로 마주하게 될 사람일지도 모른다.

"저는 서만주라고 합니다."

내 말에 파란 기린이 온 힘을 다해 입술을 달싹였다.

"우삼…."

우삼. 부를수록 마음에 드는 이름이었다. 세 개의 비. 나는 쏟아지는 빗줄기를 상상하며 천천히 감기는 우삼의 눈꺼풀을 바라보았다. 그는 그 뒤로 나흘간 말이 없었다.


욕창을 방지하기 위해 수시로 우삼의 몸을 살펴보다 알

게 된 사실이 있다. 우삼의 등에는 양 날갯죽지를 따라 세로로 빗금 같은 큰 수술 자국이 있었다. 날개라도 떼어낸 건가? 절로 그런 허무맹랑한 상상을 하게 만드는 흉터였다. 우삼은 며칠을 더 기절하듯 자다가 갑자기 웅얼거리기를 반복하더니 어느 날 눈을 떠 나를 찾았다. 그는 연신 입술을 오물거리며 뭔가를 말하고 싶어 했는데 입에서는 겨우 쉰 소리만 나왔다.

나는 오른쪽 검지로 허공을 두어 번 두드려 홀로그램 한글 자판을 띄웠다. 그러자 우삼이 눈동자를 굴려 단어를 조합했다. 문장 조합이 끝나면 홀로그램 자판이 마치 우삼인 양 목소리를 냈다.

"서만주."

오래 기다린 끝에 기계 음성이 내 이름을 불렀다.

"맞아요. 제가 만주입니다."

그가 내 이름을 기억하고 있다는 게 새삼 기뻤다. 우삼은 다시 눈동자를 움직여 문장을 만들었다.

"안녕."

"안녕하세요."

"젊군."

우삼의 말을 기다렸던 터라 다소 맥이 빠졌다. 그가 건넨 다음 말도 의외였다.

"키가 몇이야?"

"175요."

"몸무게는?"

"75킬로그램입니다."

"나랑 비슷해. 몸을 만져봐도 될까?"

잠시 고민하다 그 정도도 못 들어주나 싶어 나는 우삼의 부러질 것 같은 손목을 잡았다. 내 가슴팍과 배, 목덜미, 허벅지를 만진 그의 얼굴에 아주 희미한 미소가 번졌다. 그는 다시 자판을 향해 눈알을 굴렸다.

"나이는?"

"서른입니다."

"슈퍼리그 안 해?"

슈퍼리그. 삼 년 동안 외면하려 했던 단어의 예기치 못한 등장이었다.

"어르신, 저는 슈퍼리그 포기했어요."

입 밖으로 뱉고 나니 도리어 덤덤한 마음이 들었다. 홀로그램 자판은 내 대답과 상관없이 우삼의 말을 전했다.

"포기하지 마. 계속해."

"저는 무려 열 번 떨어졌어요. 그러니까 십 년…."

내가 이야기를 마치기도 전에 우삼의 말이 흘러나왔다.

"도와줄게."

저 노인은 지금 슈퍼리그가 뭔 줄 모른다. 아니면 손자에게 잔소리하던 기억 속에 머물고 있는 걸까.

요즘 취업 시험은 대부분 가상현실로 본다. 종류도 수백 가지로 다양하다. 우주에서 전투하기, 마법 학교에서 승급하기, 공중에서 비행기로 교전하기, 중세 법도에 맞게 칼싸움하기, 로봇과 연대하여 폐허가 된 도시 재건하기, 인공지능 상사에게 감정 드러내지 않고 버티기 등등. 기업들은 시공간을 넘나드는 가상세계를 바탕으로 점점 더 극한의 상황을 만들어냈다. 그곳에서 자신들이 원하는 모습의 인재상을 보고 싶어 했다.

기업의 규모가 클수록 취업 시험의 레벨도 달라졌다. 한국에서도 손에 꼽히는 대기업들의 시험은 현실보다 더 현실 같은 가상세계를 구현했다. 어느 순간 기업들은 누가 더 정교한 그래픽에 다이내믹한 스토리의 취업 시험을 만들어내느냐를 두고 경쟁하기도 했다. 그중 누구라도 입사하길 원하는 전 세계 몇몇 대기업들의 취업 시험을 통틀어 슈퍼리그라고 부른다.

"선화에 도전해."

우삼은 포기하지 않고 눈동자를 굴렸다.

"선화그룹이요?"

슈퍼리그 중에서도 가장 어렵고 난해하다고 정평이 난 회사, 입사만 한다면 세계 최고의 대우를 받을 수 있는 곳. 그곳이 바로 '선화'다.

선화그룹은 대한민국의 거의 유일한 자부심으로 나도

매년 전 세계인과 함께 선화의 슈퍼리그에 참여했다. 그 기간 동안 내 인생은 오로지 선화그룹에만 초점이 맞춰져 있었다. 매년 7월이면 선화의 슈퍼리그가 열린다. 한여름의 열대야보다 더 뜨거운 접전의 시기. 구매를 하든 대여를 하든 가상현실 장비만 있으면 18세 이상 누구나 어디서든 접속할 수 있다. 요즘은 유치원생을 대상으로 선화의 슈퍼리그를 트레이닝하는 곳도 있다고 들었다.

나는 십 년 동안 1차를 통과하지 못했다. 내가 슈퍼리그를 그만둔 건 취업 시험 중독자가 될까 봐는 아니었다. 그 무렵 나는 스팸택시에게 털려서 굶어죽을 판이었다. 잡힐지 말지도 모르는 꿈을 꾸기엔 당장 먹고 입고 자는 문제가 너무나 절박했다.

"왜 멈춰? 다시 해."

우삼은 눈동자를 굴리다 못해 온몸으로 말하는 듯 보였다. 희미하게 뜬 그의 눈동자에 진심 같은 게 느껴졌다고 하면 과장일까.

"아신다면 선화의 리그는 곧 시작해요. 포기한 이후로 저는 아무 준비도 하지 않았어요."

"해보라니까."

그가 얼마 남지 않은 숨을 간신히 이어가며 애타게 나를 부른 이유가 혹시 선화의 슈퍼리그 때문이었던 걸까. 그는 잠깐씩 정신이 들 때면 뭔가를 말하고 싶어 했다.

"할 만큼 해봤어요. 저는 붙을 수가 없는 사람이에요."

이제껏 나는 누구에게도 그때 택시에서 일어난 일을 말하지 않았다. 물론 내게 물어본 사람도 없었지만. 내가 절대 택시를 타지 않는 이유. 내 인생이 회복하기 어려운 단계까지 간 건 모두 그 스팸택시 때문이었다.

지금 도로는 24시간 내내 운영되는 무인택시들로 가득하다. 주인이 돈을 보내면 택시는 스스로 전기공급소에서 충전 후 손님을 태운다. 이 무인택시 사업이 활발해지면서 사람들은 점점 차를 사기보다 택시를 이용하기 시작했다. 바로 이 무인택시가 내겐 악연이었다. 그중에서도 소문만 무성하던 스팸택시에 내가 당할 줄은 상상도 못 했다. 당시 나는 일 년에 한 번, 매해 돌아오는 선화의 슈퍼리그를 준비하기 위해 로봇 재활용 공장에서 일했다.

그날도 평소와 같이 택시를 타자마자 피곤함에 잠이 들었다. 어느 순간 눈을 떠보니 비키니 차림에 가슴골을 드러낸 갈색 머리의 여자가 나를 바라보고 있었다. 잠결에 아주 잠깐 여자에게 홀렸으나 나는 바로 눈치챘다. 내가 스팸택시에 타버렸다는 걸. 스팸택시는 승객의 뇌파를 감지한 후 그에 맞는 홀로그램을 실행한다.

"택시! 홀로그램 꺼줘."

여자(그러니까 홀로그램)는 아랑곳하지 않고 내 허벅지

에 올라탔다. 여자의 가슴이 얼굴에 닿자(실제로 내 몸에 닿은 것은 아무것도 없었는데) 보드라운 살결이 생생하게 느껴졌다.

"하지만 손님의 뇌파는 절 원하고 있어요."

차창에 띄워진 내 뇌파 곡선이 급격하게 요동쳤다. 남자 승객에게 섹시한 여성의 홀로그램을 보여주는 건 아이들도 코웃음 칠 만한 뻔한 수법이다. 하지만 이 여자는 뭔가가 달랐다. 나는 여자의 얼굴을 자세히 살폈다. 외형이 다르고 이십 대 초반의 얼굴이라 바로 알아보지 못했지만, 여자는 열다섯 살에 가출한 동생이었다.

그걸 인지한 순간 나는 그대로 얼어붙었다. 반면 동생의 얼굴을 한 홀로그램은 더 요염한 표정으로 내 귓가에 속삭였다.

"손님, 절 원하시나요?"

이 스팸택시는 업그레이드 버전이었다. 내 뇌파 정보를 다각도로 파악한 후 어떤 이미지에 불안한 반응을 보이는지 단 몇 초 만에 파악한 것이었다. 나조차도 외면하고 있던 내면의 취약 지대가 이상하게 왜곡된 모습으로 눈앞에 펼쳐졌다.

"꺼져! 제발 꺼져!!!"

스팸택시를 탔을 때 첫 번째로 꼽는 대응 방법은 흥분하지 않는 거다. 두 번째는 바로 경찰에 신고하는 것. 세

번째는 절대로 '네'라고 대답하지 말 것. 이 대답을 요구하는 건 개인정보 제공 여부를 파악하는 마지막 단계에 도달했다는 것이다. 각종 스팸들로 인한 범죄가 난무하면서 '진실의 비밀번호'라는 시스템이 등장했다. 목소리에서 거짓과 진실을 구별해 진실한 대답만을 허용하는 보안 시스템이다. 즉 스팸택시는 이를 악용해 어떤 식으로든 '네'라는 진실의 대답을 감지해 마지막 단계를 통과시켜버린다. 여기서 털리면 정말 뼛속까지 털리는 거다.

하지만 여자는 멈추지 않고 내 품으로 파고들었다.

"나랑 자고 싶어?"

나는 눈을 감은 채 외쳤다.

"꺼지라고!!!"

순간 주변이 고요해졌다. 살며시 눈을 뜨자 동생의 울 것 같은 얼굴이 코앞에 와 있었다.

"내가 보고 싶어?"

동생을 못 만난 지 십 년도 더 된 시점이었다. 나는 여자가 그저 홀로그램에 불과하다는 사실을 알면서도 바보처럼 울먹거리는 목소리로 대답하고 말았다.

"어!"

그 순간 택시의 모든 창이 암막 커튼이 쳐진 듯 바깥과 완전히 차단되었다. 곧이어 저 멀리서 은빛으로 발광하는 작은 생명체가 나타났다. 뼈와 내장이 보이는 투명한 피부에 퀭한 눈동자의 심해어 한 마리가 내 눈앞으로 다가왔다. 나는 그제야 고개를 젖혔다. 수면까지는 한참이나 멀어 보였다. 택시는 산소 공급을 떨어트리고 기압을 높여 마치 심해에 있는 것처럼 내 몸을 압박했다. 숨이 막혔다. 도저히 숨을 쉴 수가 없었다.

"멈…춰…어…."

나는 누군가에게 목이 졸리는 사람처럼 애걸하듯 말했다. 이렇게 죽는구나, 정신이 희미해지려는 찰나 택시가 갓길에 멈춰 문을 열었다. 나는 순식간에 숨통이 트이면서 속에 있는 모든 걸 게워냈다. 정신을 차렸을 때 택시는 어디에도 보이지 않았다.

그렇게 내게는 전부였던 계좌 속 돈과 온라인상의 온갖 접속 기록, 패스워드, 일기에 가까운 노트들과 이제껏 살면서 찍고 캡처한 이미지까지 모조리 털렸다. 경찰에 신고했지만 스팸택시에게 당했다면 찾을 확률은 0에 가깝다는 이야기만 돌아왔다. 우선 접수는 했으니 돌아가라고 했다. 나는 스팸택시가 가출한 동생의 홀로그램을 보여줬다고, 경찰의 전산망이 털려서 실종자의 개인정보가 도용되고 있는 게 아니냐고 따져 묻고 싶었지만 그만뒀다.

그 일이 있고 삼 년이 지났지만 여전히 달라진 건 아무것도 없다. 이후로 나는 물속을 떠올리기만 해도 호흡이 불안정해졌고 수영을 할 수 없을 정도로 물공포증이 심해졌다.

내 말이 끝나자 우삼의 호흡이 거칠어졌다. 그러고는 다시 눈동자를 움직였다.

"어디까지 갔다고?"

"1차요. 1차도 항상 같은 곳에서 멈췄어요."

"어디?"

우삼은 한 청년의 인생을 말아먹은 스팸택시의 잔혹함보다 그가 매번 실패하고 돌아온 가상세계 속 장면에 더 관심을 보였다.

"그걸 알고 싶으세요?"

응. 그는 눈동자를 단호하게 움직였다. 나는 선화의 슈퍼리그를 떠올렸다. 아직도 그 광경이 생생하다. 슈퍼리그 속 기억은 지금껏 내가 현실에서 겪었던 그 어떤 경험들보다 생생했다. 어쩌면 스팸택시에 털린 것보다 더.

시작은 이렇다. 가상현실 장비를 착용하고 눈을 뜨면.


내 몸은 낯선 소년이다. 짙은 황색 피부의 헐벗은 소년은 마을 사람들 사이에서 벌벌 떨고 있다. 그들은 고압적으로 소년을 다그친다. 너는 도대체 왜 그리 겁쟁이냐! 그런 식으로는 혼자 떠날 수 없다며 훈계한다(그들의 말을 나는 알아들을 수 없다. 다만 짐작할 뿐이다). 다소 연극적이고 과장된 분위기다.

1차의 인트로는 항상 이렇다. 그렇게 소년의 의식이 시작된다. 소년의 모습을 한 나는 이 공동체에 적합한 인물인지를 시험받기 위해 숲으로 들어간다. 흙을 밟는다.

소년은 야생으로 떠난다(다른 참가자들도 마찬가지다). 그때마다 나는 생애 처음으로 공평하다는 감각을 느낀다. 부자든 가난한 자든 누구든 여기에서만큼은 공평하다고. 그렇게 나는 우거진 숲속으로 몸을 내던진다.

홀로.

이제부터는 혼자 걷는다. 그 길에서 나는 야생에 대해 알아가기 시작한다. 어느 날은 표범과 싸워 피범벅이 된 채로 살점이 뜯기는 고통을 참기도 하고, 나뭇가지나 돌멩이 끝을 날카롭게 해 나만의 무기를 만들어 지니기도 한다. 까다로운 부엉이를 달래 밤길의 안내자로 함께 걷다 보면 까만 하늘에서 별똥별이 쏟아질 듯 떨어지는 광경과 마주하기도 한다. 현실에서는 본 적 없는 맑은 하늘이 뭉클해 눈물이 나기도 했다. 진짜 매일이 이런 날씨와 나날이라면, 소년은 어른을 넘어 노인이 된다 해도 살아갈 수 있을 거 같았다.

하지만 숲을 빠져나오자 이내 사막이 나타난다. 사막과 맞닥뜨리는 순간, 나는 이곳이 가상세계라는 사실을 깨닫

는다. 지구상 어디에도 숲과 사막이 바로 연결되는 공간
은 없다. 이런 극적인 공간 변화가 없다면, 나는 아마 스
스로를 영원히 소년이라고 착각했을지도 모른다. 사막에
서부터는 끝도 없이 걷는다. 길고 지루한 반복이 나를 괴
롭힌다. 걸음걸음마다 머릿속에 생각들이 차오른다. 가출
한 동생, 도무지 예측할 수 없는 미래, 먹을거리, 죽음, 여
자 등 잡스러운 생각들이 한참 동안 맴돈다.

그중에서도 끈질기게 나를 쫓아오는 생각은 '내가 이
리그를 통과할 수 있을까' 하는 것. 어쩌면 실패보다 두려
운 건 올라가지 못할 걸 알면서도 멈추지 못하는 마음이
아닐까. 마흔, 쉰, 환갑이 넘어서도 슈퍼리그를 전전하며
꿈을 버리지 못하는 상태가 되는 건 끔찍하다. 나는 세차
게 고개를 저으며 그저 한 발 한 발 모래 위 중력을 느끼
며 걷고 또 걷는다.

차라리 독사라도 나타난다면 이 걸음의 의미를 알 수
있지 않을까 생각할 즈음 익숙한 그것이 눈에 띈다. 사막
한가운데 박힌 찢어진 하얀 날개 한 짝이, 내 키보다 훨씬
큰 날개가 저기….

"거기서 탈락했습니다."

우삼은 내 무용담을 가만히 듣는 듯하더니 또다시 빠르
게 눈동자를 움직였다. 힘겨워 보이는 우삼의 모습에 나

는 괜찮다는 의미를 담아 그의 어깨에 손을 얹었다.

"스팸택시? 그래서 그만뒀다고? 솔직하게 말해. 그게 진짜 이유는 아니지?"

나는 이전보다 빠르게 말을 전하는(아마도 우삼의 요청 때문일 것이다) 홀로그램의 목소리에 잠시 우삼을 내려다보았다. 이제 와서 내게 슈퍼리그를 그만둔 이유 같은 건 중요하지 않다. 사람들이 슈퍼리그에 매달리는 건 공평함 때문이다. 18세 이상 누구나 참여 가능. 표면적으로나마 누구라도 쉽게 도전할 마음을 먹게 만드는 참가 조건. 하지만 단 한 번이라도 경기에 참여해본 사람은 안다.

바로 장비발. 고성능의 장비일수록 당연하게도 더 좋은 결과를 낼 수 있다. 특히 선화그룹에서 만든 가상현실 장비는 전 세계에서도 1, 2위를 다툰다. 슈퍼리그 역시 자사의 기기를 사용했을 때 훨씬 유리하다는 소문이 있다. 아니, 그건 사실이다.

성별, 인종, 학벌, 재산 등과 무관하게 기기만 있다면 누구라도 도전할 수 있는 기회. 슈퍼리그는 그런 가치 아래 이뤄지는 거라고 나 역시 거기에만 몰두하려 했다. 그러던 중 스팸택시에 모든 걸 털렸고 그때 포기한 거다. 마치 오랫동안 포기할 근거만을 기다려왔다는 듯이 나는 망설임 없이 그만뒀다.

잠시 멍하니 있던 내게 우삼이 말을 붙였다.

"내가 메고 있던 가방…."

길에서 쓰러져 있을 당시 우삼은 낡은 가방을 메고 있었다. 얼마나 가방끈을 조였던지 풀기가 쉽지 않았다.

"아, 가방은 물품보관소에 있어요. 아무도 건드리지 않을 거예요."

"거기 든 거 이제부터 네 거야. 바로 해봐."

나는 파르르 떨리는 우삼의 눈꺼풀을 바라봤다. 얇은 피부가 벌게져 있었다. 우삼은 우선 쉬어야 했다.

"네, 한번 볼게요."

대답을 하고 나서야 입소자에게 뭔가를 받는 게 금지였나, 싶은 생각이 들었지만 아마 그런 사례는 없었을 거다. 나는 우삼의 호흡이 다시 안정적으로 돌아오는 것을 확인한 뒤에 방을 나섰다. 꼭대기 층에 있는 물품보관소로 가 우삼의 침대 번호와 같은 21번 사물함 앞에 섰다. 문을 열자 낯익은 가방이 놓여 있다. 가방은 여전히 묵직했다. 반쯤 부러진 지퍼를 여는 순간, 내 심장은 사정없이 뛰기 시작했다. 막상 그것을 꺼냈을 땐 머리가 새하얘졌다.

내 손에 가상현실 고글과 슈트가 있다. 선명히 박힌 브랜드명이 눈에 들어왔다. MUTO(戊土), 광활한 대지 위에 선다는 의미로 모니터 속 광고에서만 숱하게 본 기기였다. 고글 밑에 '2058'이라는 각인이 보였다. 스페셜 에디션이다. 이 기기는 대여할 엄두도 못 낼 만큼 고가로 선화가 만든 가상현실 기기 중에서도 가장 최신형이다. 슈트 소매와 발목 부근을 확인하니 얇은 금박 띠가 둘러져 있다. 심지어 이건 그해 시중에서 판매되지 않고 소수에게만 제공되었던 한정판이다.

이 장비가 지금 내 손에 있다. 그 순간 나는 무의식보다 빠르게 생각했다. 이런 장비로 슈퍼리그에 임했다면 결과는 달랐을 거라고. 내 리그는 지금부터 시작이라고.

무토는 정말 소문으로만 들어온 기기였다. 무토의 슈트와 고글은 피부의 온도, 내장 기관의 반응, 신경계와 뇌수의 미세한 진동까지 감지해 사용자의 생체 정보를 모두 인지한다고. 마치 기기 자체로 살아 있는 생명체 같다고 했다. 수억 개가 넘는 사용자의 몸속 세포 공동체가 무토를 통해 슈퍼리그에 전달되고, 무토는 슈퍼리그 속 새로운 정보를 감지하면서 서로 상호작용을 한다. 그 과정에서 무토는 사용자 자신도 모르는 깊은 트라우마까지도 읽어내고 알아차린다. 커뮤니티 속 사람들은 특히 이 점에 대해 불쾌하게 서술했다. 반드시 조심하라고.

하지만 내 손안의 슈트는 무게감이 느껴지지 않을 만큼 가볍고 저절로 미끄러질 정도로 부드러울 뿐이다. 진짜 작동하는 걸까. 생각만으로도 심장이 요동쳤다. 나는 재빨리 남자 화장실로 향했다. 아직 점심시간 전이라 화장실에는 나밖에 없었다. 맨 끝 칸으로 가 문을 잠갔다. 옷을 벗고 전신 슈트에 다리 한쪽을 집어넣는데 나도 모르게 소름이 돋았다. 슈트는 정말 살아 있는 생명체처럼 다리에 완벽하게 밀착되었다. 마치 원래부터 내 것이었던 것처럼.

나는 머리끝까지 슈트를 착용하고 몸 여기저기를 살폈다. 보이는 것과 달리 아무것도 입지 않은 느낌이었다. 당장이라도 뛰어보고 싶었다. 나는 서둘러 고글을 꼈다. 얼굴을 에워싼 밀폐감에 적응하려 서너 번 호흡을 내뱉은 뒤 떨리는 목소리로 외쳤다.

"실행."

말이 끝나기가 무섭게 눈앞의 세상이 차단되었다. 어둠 속에 이름 없는 애플리케이션 하나가 허공에 떠 있다. 작은 공 모양의 그것을 손가락으로 툭 치자.

나는 어둠 속에 홀로 서 있다. 이상하게도 바람이 느껴진다(분명 내 몸은 화장실에 있는데 이 바람은 어디서 불어오는 걸까. 아마도 슈트가 내 몸의 시신경을 자극하는 거 같다). 나는 내 손발을 살핀다. 말로 표현하기 어려울 정도로 미세한 감각들이 느껴진다. 세포 하나하나가 살아 움직이는 것 같다. 짜릿하고 어색한 감각에 첫발을 내딛는데 저 멀리 어둠 속에서 희미한 불빛이 다가온다. 헤드라이트 빛. 제길 택시다.

순간적으로 구역질이 나 양손으로 입을 가렸다. 여긴 가상현실일 뿐이다, 가상현실이다. 멈추지 않고 되뇌는 사이 택시가 내 앞에 멈췄다. 어라? 운전자가 있다. 운전자가 있는 택시를 본 게 언제인지 기억도 나지 않을 만큼 오래전이다. 내가 어렸을 때도 사람이 운전하는 차는 소수였다.

"안 타세요?"

운전사가 창문을 내린다. 무인택시가 아니니 괜찮을까. 나는 크게 심호흡을 내뱉고 조수석 쪽 손잡이를 잡는다. 그 순간 차가운 철제 촉감에 놀라 손을 뗐다. 이토록 생생한 감각이라니. 나는 손잡이를 당겼다. 자리에 앉는데 시트의 느낌이 폭신하다. 의자에는 얇은 방석이 깔려 있다 (현실의 나는 딱딱한 변기 위에 앉아 있을 텐데). 이어 차 안에 밴 담배 냄새에 나도 모르게 코를 움켜쥐었다. 후각 장치가 있는 가상현실 장비는 처음이었다. 대여 업체에서는 항상 후각 장치가 있는 기기라고 홍보했지만, 실제로 가상현실에 접속하면 아무 냄새도 나지 않았다.

"죄송해요. 제가 흡연자라서."

운전사가 미간을 찌푸리는 내게 말한다. 옆에서 본 그의 얼굴이 어딘가 낯이 익었다. 희끗희끗한 머리카락, 검버섯과 주름이 가득한 얼굴이었지만 피부가 고왔다. 앉아 있는 자세도 젊은 사람 못지않게 발랐다. 어디서 봤더라…. 미터기 아래 붙어 있는 명함에 시선이 닿는 순간 나도 모르게 비명을 질렀다.

명함에 적힌 이름은 황우삼. 이 사람이 우삼이라니! 나는 잠시 어안이 벙벙해 가만히 그의 옆모습을 바라보았다. 황우삼, 세 번 내리는 누리끼리한 비.

"손님, 괜찮으세요?"

우삼의 물음에도 나는 칼리의 방에서 사경을 헤매고 있는 우삼을 머릿속에서 떨쳐내지 못했다. 운전사 우삼은 현실에서의 자신이 어떤 모습인지는 꿈에도 모르는 얼굴로 나를 살폈다.

"이제 어디로 가나요?"

손님이 어디로 가냐고 묻다니. 하지만 운전사 우삼은 당황하지 않고 정해진 대사를 읊듯 자연스럽게 말했다.

"손님께서는 선화그룹의 슈퍼리그를 보러 가시는 거죠?"

나는 그제야 내가 양복을 입고 있다는 사실을 깨달았다. 아, 나는 지금 슈퍼리그를 보러 가는 길이구나. 그렇다면 이 운전사는….

"맞아요. 거기로 가주세요. 그리고 기사님, 제가 공 모양을 누르고 여기에 들어왔거든요."

우삼은 대답 없이 고개만 끄덕였다.

"그러니까 제가 트레이닝 팩 안으로 들어온 거 같은

35

데… 그렇다면 기사님은 트레이너일까요?"

"부르고 싶은 대로 부르면 됩니다. 트레이너, 과외 선생, 기사 뭐든."

"이곳에서 슈퍼리그의 노하우를 배우는 건가요?"

결국 내가 묻고 싶은 건 이거였다.

"노하우라… 저는 그 이상이라고 말하고 싶네요."

듣기만 했을 뿐인데도 나는 합격이라도 할 듯 단번에 긴장이 되었다.

"성함이 어떻게 됩니까?"

"서만주라고 합니다."

"만주 님? 아니면 만주 씨라고 할까요?"

"만주 군이라고 불러주세요."

"좋아요. 여기선 선화그룹 슈퍼리그에 관한 모든 걸 배울 수 있어요. 물론 비밀리에. 만주 군이 이 택시에 탔다는 건 아직 슈퍼리그에 통과하지 못했다는 걸 테고요."

이미 시중에는 슈퍼리그에 관한 별의별 트레이닝 팩이 널려 있다. 그런데 이건 좀 다르다는 직감이 들었다. 리그에서 수차례 떨어지고 트레이닝 팩으로 여러 번 사기도 당하면서 쟁취한 게 있다면, 바로 이 감각이었다.

"저는 열여덟 살 때부터 스물일곱 살까지 슈퍼리그에 도전했어요. 그래도… 1차는 거의 끝까지 가봤어요."

"거의 끝이라면 어디까지요?"

"천사의 날개가 꽂혀 있는 사막이요."

"천사의 날개라…. 사막 다음부터가 리그의 진짜 시작이라 할 수 있는데. 참 이상하죠? 왜 이런 식으로 사람을 뽑는지."

그렇다, 나는 우삼이 말하는 '이런 식'을 경험해보고 싶다. 1차에서 떨어진 기억은 내게 이십 대 내내 통과의례를 완수하지 못했다는 찝찝함을 남겼다. 이 의례를 통과하지 못하면 나는 사회에서 추방된 것도, 완전히 받아들여진 것도 아닌 애매한 위치에서 영원히 머물러야 할 것만 같았다.

"그렇다면 아시는 건가요? 그 날개를 어떻게 해야 하는지?"

"당연하죠. 그게 아니라면 만주 군이 이 택시를 탈 이유가 있었나요?"

잠시 차 안에는 정적만 흘렀다. 포기했던 그 답을 '당연히 알고 있다'는 사람이 바로 옆에 앉아 있다니.

"계속 갈까요? 아니면 내리시겠습니까?"

우삼이 천천히 브레이크를 밟았다. 나는 혹시라도 택시가 멈출까 염려되었지만 잠시 고민하는 척 창밖으로 시선을 돌렸다. 정말로 저 사람이 슈퍼리그의 3차까지 알고 있는 사람이라면, 이 트레이닝은 명백히 반칙이다. 하지만 내가 지금 여기에 있는 건 어쩌면 내게 남은 정말 마지막, 티끌 같은 행운일 수 있다. 나는 누구보다 간절하게 통과하고 이기고 받아들여지고 싶다. 반칙을 해서라도.

돌아보면 나는 늘 괜찮은 척을 해왔다. 내가 통과할 수 있겠어, 그냥 가볍게 해보는 거지, 떨어져도 본전이잖아, 같은 말들로 스스로를 속였다. 하지만 리그에서 떨어질 때마다 내 마음은 금이 가고 깨지고 부서지길 반복했다. 지금 이 택시에서 내린다면 가난에서 벗어날 마지막 가능성을 박차는 거나 다름없었다. 가상현실에서 수없이 다른 경험을 해도 몸에 새겨진 가난이라는 느낌은 결코 지워지지 않았다. 태어날 때부터 가난했는데 나는 왜 아직도 그것에 적응이 안 되는 걸까.

"갑니다. 끝까지."

나는 절대 이 택시에서 내리고 싶지 않다. 우삼이 마침내 액셀을 밟았고, 이로써 트레이닝이 시작되었다.

"선화그룹이 어떤 인재를 뽑는다고 알고 있죠?"

"글쎄요…."

1차에서 허덕이던 나로서는 막연한 질문이었다.

"만주 군, 참… 막무가내로 붙는 것만 목표로 했군요. 말해봐요. 뭐든."

우삼은 마치 자신이 면접관인 듯 되물었다.

"건강하고 똑똑한 젊은 사람?"

내가 말하고도 모호한 대답이었다.

"이거 참. 십 년을 참가했다는 사람이 이렇게 모릅니까? 그럼 나이 든 사람이나 장애가 있는 사람은 최종 합격이 불가능한 걸까요?"

현실에 있는 내 몸이 이곳에서의 몸과 아예 무관하다고는 할 수 없을 것이다. 하지만 현실에서 나이가 많이 든 사람이 고성능의 기기를 사용해 접속하면 그도 이곳에서 유리하다. 그래서 요즘 노년층에서 은퇴 자금을 가상현실 기기에 쏟아붓는 걸까. 머리가 복잡해져서 잠시 말문이 막혔다.

"만주 군, 나는 다른 슈퍼리그는 모릅니다. 하지만 선화의 슈퍼리그만큼은 분명하게 알아요. 그들이 원하는 인재는 그런 게 아닙니다. 건강한 인간의 신체? 탁월하고 창의적인 인간의 정신? 도덕관이 투철한 거? 선화는 결코 그런 걸 원하지 않아요."

우삼의 말이 맞다. 아무리 인간이 건강하다 해도 로봇의 신체 기능을 따라갈 수는 없다. 신체를 보완하는 데에도 로봇이 훨씬 수월하다. 어쩌면 나는 그나마 내가 가진 것이 젊음, 하나뿐이어서 그렇게 믿고 싶었는지 모르겠다.

"그럼 선화가 원하는 건 뭔가요?"

"인공지능 관리자를 뽑는 겁니다."

우삼이 또박또박 대답했다.

"인공지능 관리자? 인공지능을 통제하는 거 말인가요? 하지만 그건 인공지능이 더 잘하지 않나요?"

이젠 상식이 된 이야기다.

"그렇죠. 인간은 슈퍼 인공지능을 절대 따라가지 못해요. 모두가 아는 사실이죠."

우삼은 잠시 말을 고르더니 다시 입을 열었다.

"그래서 천사를 뽑습니다. 그게 선화가 추구하는 인재상입니다."

"천사 같은 사람이요?"

우삼이 단호하게 고개를 저었다.

"아뇨. 천사요."

"진짜 천사? 날개 달린 그 천사?"

우삼이 고개를 끄덕였고 나는 소화되지 않는 말에 체한 듯 답답했다. 문득 이 트레이닝 팩을 믿어도 될까, 의문이 들었다.

"이해합니다. 이게 무슨 헛소린가 싶겠죠. 하지만 만주군이 3차를 통과한다면, 결국은 다 알게 될 겁니다. 지금은 이렇게만 머리에 입력하세요. 선화그룹은 인공지능 관리자로 천사를 뽑는다고."

나는 반쯤만 고개를 끄덕였다.

"각각 1차, 2차, 3차마다의 미션에 집중해요. 그리고 자의든 타의든 로그아웃되면 바로 탈락입니다."

이미 알고 있는 규칙이다.

"그럼 이제 트레이닝하는 건가요?"

내 물음에 우삼이 엄지와 검지를 튕겨 탁, 소리를 냈다. 그러자 택시 안으로 똑똑똑 물이 떨어지기 시작했다.

"직접 느껴봐요. 그럼 막혔다는 1차부터 해봅시다."

우삼의 말이 끝나기가 무섭게 비가 내리기 시작했다. 빗방울이 피부에 닿는 속도가 빨라졌다. 나는 폭우에 갇힌 듯 연신 얼굴을 닦아내며 주변을 살폈다. 근처 나무들이 요란하게 흔들렸고 짙은 풀 내음이 코를 찔렀다. 더 이상 우삼은 보이지 않고, 소년의 모습을 한 나만 우거진 숲에 주저앉아 있다. 익숙한 인트로다. 1차에 왔다!

하지만 완전히 다르다. 시각, 청각, 촉각, 후각 모두 이전에 겪고 본 세상이 2D였다면, 지금은 4D 기기를 끼고 리그에 진입한 느낌이다. 이곳에 가상의 느낌은 하나도 없다(만약 이제껏 살아온 기억을 잃는다면, 나는 여기가 현실인 줄 알고 살았을 거다). 나는 거침없이 숲속으로 뛰어들어 간다. 비가 내렸었나 보다. 질척질척한 진흙의 촉감과 뱀이 기어가는 소리, 몸에 와 닿는 빗줄기의 강도 들이 내 오감을 최대치로 자극한다. 발목을 스치는 풀잎과 뒷덜미에 닿는 빗방울 하나조차 아프게 느껴진다.

감각이 무딜 때는 이 정도로 숲이 두렵지 않았다. 얼마나 달렸을까. 어느새 나는 부족들 사이에 둘러싸여 있다. 사람들은 소년이 된 내게 뭐라고 한마디씩 던진다. 하지만 그들의 말은 마치 가사 없는 노래처럼 음으로만 전해진다. 예상했던 장면이다. 곧 소년은 자신이 공동체에 적합한 인물인지를 시험받기 위해 더 깊은 숲속으로 들어가야 한다. 출발하기 전, 소년은 부족 중 한 명의 허리춤에 걸려 있던 단검 하나를 슬쩍 빼낸다. 나는 단검을 보이지 않게 움켜쥐고 서서히 무리를 벗어난다.

더 깊은 숲속으로 들어서자 지난 십 년간 실전에서 여러 번 봐왔던 풍경이 펼쳐진다. 나는 속절없이 피어오르는 반가운 마음을 모른 척하며 빠르게 달린다. 이토록 가볍게, 빠르게 달린 적이 있었나. 이곳에서의 체감으로 거의 1시간은 쉬지 않고 달린 듯했다. 드디어 숲을 지나 사막에 섰다. 건조한 열기가 방금 전까지 내 몸에 닿았던 빗방울을 일순간 말려버린다.

그때 어디선가 희미하게 노크 소리가 들린다. 그 소리는 이내 쾅쾅대는 소음으로 바뀌었다. 현실에서 들려오는 소리였다. 나는 재빨리 고글을 벗었다.


누군가 계속해서 화장실 문을 두드렸다. 나는 서둘러 슈트와 고글을 벗었다. 겨우 상의를 걸치고 문을 열자 남자 봉사자들이 서 있다.

"형제님, 뭐 하세요?"

그들은 변기 쪽을 살피며 의심스러운 말투로 물었다.

"설마 신성한 마더하우스에서 자기 위로라도 한 건가요? 가상현실 기기까지 끼고?"

그들의 시선에 나는 미처 채우지 못한 바지 지퍼를 올렸다. 아니라고 말해야 하는데 입이 떨어지지 않았다. 그저 미칠 듯이 뛰는 심장박동만 겨우 견뎌낼 뿐이었다. 어떤 오해를 받아도 상관없었다. 가방에 있는 것만 들키지 않는다면.

나는 가방을 바짝 조여 메고 조용히 칼리의 방으로 갔다. 우삼은 깊게 잠들어 있었다. 호흡이 고르지 않아 가끔 헐떡거리다가도 피이익 불규칙한 쇳소리를 냈다. 그를 깨워야 할까 고민하는데 누군가 내 어깨를 쳤다. 화들짝 놀라 돌아보니 수산나였다. 좀 전의 화장실 사건 때문인가 싶어 다소 긴장이 되었다.

"봉사자라고 너무 느슨하게 일하시는 거 아니에요? 자리를 이렇게 오래 비우면 어떻게 해요?"

나는 속으로 안도의 한숨을 쉬었다.

"이러니까 봉사자들은 식충이라는 말이 나온다고요."

"식충이라뇨, 말씀이 좀⋯."

내 말에 수산나도 아차 싶었는지 괜히 말을 돌렸다.

"그나저나⋯ 파란 기린 손가락 봤어요?"

수산나의 말에 우삼의 손바닥을 살피자 열 손가락 끝이 모두 미세하게 찢겨져 있다. 신분을 알 수 있는 칩이 제거된 것이었다.

"왜 이런 걸까요?"

"모르죠. 이렇게까지 다 제거한 경우는 저도 처음이네요. 뭐, 비밀 스파이였나 보죠."

그때 오후 봉사 시간이 끝났음을 알리는 종소리가 울렸다.

"수녀님, 저 먼저 갈게요. 쿠한테는 오늘 바빠서 인사를 못 했다고 전해주세요!"

나는 서둘러 방을 나섰다. 쿠에게 직접 인사를 하고 싶었지만, 내가 메고 있는 가방을 수산나가 알아챌까 봐 조마조마했다. 쿠는 마더하우스에서 나와 가장 친한 로봇이다. 요즘은 컨디션이 좋지 않아서 계속 창고에만 있다. 나는 건물을 완전히 빠져나갈 때까지 긴장을 놓지 못했다.

횡단보도를 여러 차례 건너고 나서야 마음속에서 질문들이 폭주하기 시작했다. 그는 왜 피범벅이 된 채로 최신형 무토를 가지고 있던 걸까? 그리고 그의 양 날갯죽지에 있는 흉터는 무엇인 걸까?

꼭 타락한 천사라도 되는 것처럼.

2059년 1월 8일(레트로90에 자동 저장된 기록)

이제 내게 남은 건 입고 있는 냄새나는 양복 한 벌과 캐리어, 가방 속에 있는 무토뿐이다. 손가락 끝 마디마다 박혀 있던 0.5센티미터 크기의 칩도 모두 빼냈다. 신분증과 카드, 여권, 온라인상의 접속 기록과 저장했던 이미지들도 모조리 없앴다. 나의 사회적 흔적은 완전히 지워졌다.

하루 이틀은 멜로택시에서 생활하며 도시를 둘러봤다. 도로 위 풍경이 눈에 익을 무렵 멜로택시에게 요즘 노인들이 많이 가는 곳이 어디냐고 물었다. 이 택시는 안에서 잠도 자고 섹스도 하는 장소로, 모텔택시에서 대실택시로 불리다가 언제부턴가 멜로택시로 불렸다. 직접 타보니 왜 멜로택시라고 하는지 알 것 같았다. 묘하게 지금 세상엔 없는 통속적인 분위기가 느껴졌다.

멜로택시는 서울기록원이라고 답했다. 각계각층에서 모인 노인들은 주로 1층에 있는 기억 체험관을 이용한다고 덧붙였다. 그곳은 대통령, 정치인, 연예인, 국가폭력(법률로 지정된 국가범죄)을 경험한 특정 시민들의 기억을 가상현실로 체험할 수 있는 곳이었다. 기억 체험관 속 가상현실은 비디오테이프, 카세트테이프, USB 또는 외장하드, 클라우드 데이터, 종이 문서 등 온갖 기증 방식을 동원해 만들어졌다.

기억들은 대개 사회적으로 또는 정치적으로 아프고 끔찍한 내용들이었다. 그곳의 설립 목적은 다시는 같은 재난을 반복하지 않기 위해서였다. 대한민국 국민이라면 누구나 열람과 체험이 가능했지만, 그 기억을 경험하러 오는 사람들은 극히 일부였다. 주로 공공기관의 쾌적한 환경을 누리려는 사람들이 시간을 때우기 좋은 곳이라고 했다.

이후로 나는 대부분의 시간을 서울기록원 앞 벤치에 앉아서 보냈다. 기억 체험에는 관심이 없었다. 그러던 중 드디어 한 무리에 주목하게 되었다. 그들은 매번 큰소리로 선화그룹에 대해 이야기했다. 자신들이 한때는 선화맨이었다는 사실을 누군가 알아주길 바라는 듯 목청을 높였다. 그들 가운데 한 명이 내게 다가오지 않았다면 아마 내가 먼저 그들에게 다가갔을 것이다.

무리 중 청바지에 남방을 입은 대머리 노인이 내 옆으로 다가와 앉았다.

"혹시 지금 노숙 중인가요?"

나는 그의 템포에 맞추려 고개를 끄덕였다.

"슬램덩크 좋아해요?"

또 고개를 끄덕였다. 이렇게 된 이상 저 무리에 속해야 했다. 그는 반가운 기색을 보이며 조만간 레트로90에 접속해 '홍대입구역 4번 출구 근처의 도라에몽 만화방'에서 만나자고 했다. 돌아서려던 그는 아차 싶었는지 다시 물었다.

"그런데 가상현실 장비 싼 거라도 있어요?"

"대여라도 해보죠."

내게 무토가 있다는 건 비밀이다. 그런 고가의 장비가 있는

46

걸 알면 바로 뺏길 게 뻔했다.

"대여할 돈은요?"

내가 머뭇거리자 그는 내 손에 현금 몇 장을 쥐여주었다.

"그럼 우리 레트로90에서 만나는 겁니다."

그는 다시 무리 쪽으로 돌아갔다. 나는 저들에게 꼭 물어보고 싶은 게 있다. 나는 모르지만 그들은 알 수 있는 사실을.

집은 마더하우스에서 걸어서 20분 거리에 있다. 기찻길 바로 옆에 있는 5층짜리 캡슐집 맨 꼭대기가 내가 사는 곳이다. 내가 지은 이 건물의 별명은 몽당연필이다. 너비도 높이도 딱 몽당연필처럼 생겼다.

계단을 오르는 동안 기차가 지나가는지 건물이 흔들렸다. 나는 지문 인식을 하고 집으로 들어갔다. 여섯 평짜리 원룸에 화장실과 빌트인된 장롱, 침대가 테트리스된 듯꽉 들어차 있다. 그래도 이 건물은 한쪽 벽면 전체가 큰 창으로 되어 있어 봄여름이면 창 너머로 무성한 나뭇잎이 보인다. 그 풍경이 내가 이곳을 떠나지 못하는(돈도 없지만) 이유기도 하다. 기차 소리는 노이즈캔슬링 이어폰을 끼면 그래도 견딜 만하다.

나는 침대에 걸터앉아 그제야 가방을 내려놓았다. 가방 안에 든 걸 꺼내자 좀 전에 숲속을 달렸던 느낌이 고스란히 전해지는 듯했다. 나는 재빨리 슈트와 고글을 착용하고 그대로 침대에 누웠다. 어둠 속에 떠 있는 공 모양을 향해 손가락을 뻗자.

나는 사막에 서 있다. 아까 멈췄던 그 지점이다. 태양열에 피부가 따끔거린다. 지금부터 인내심이 필요한 구간이다. 나는 건조함과 뜨거움을 버티면서 모래 속으로 푹푹 꺼지는 다리를 움직여 걷고 또 걷는다. 걸음을 내디딜 때마다 지열에 발바닥이 따끔거린다. 사막에서 가장 조심해야 할 건 잡생각에 빠지지 않는 것이다. 하지만 나는 매번 그 유혹에 넘어갔다.

그때 어디선가 모래바람이 불어와 타는 냄새가 난다. 여기서 이토록 선명하게 냄새를 맡은 적은 처음이다. 냄새가 나는 쪽으로 가자 저 멀리 익숙한 하얀 빛이 보인다. 나를 현실로 다시 돌려보냈던 바로 그곳, 내 실패의 무덤. 나는 사막에 파묻힌 흰색 날개 앞에 선다.

날개에서 나는 걸까? 근처로 가자 타는 냄새가 약간 덜하다. 나는 냄새의 근원지를 찾으려 모래에 얼굴을 바짝 가져다 댄다. 그때 한 지점에서 마치 불이 나는 듯 굉장한 열기와 심한 탄내가 느껴진다. 나는 바로 그곳을 파기 시작했다. 지금이 실전이라면 이것도 체력 측정 가운데 하나겠지. 나는 더 빠르고 더 정확하게 땅을 판다.

얼마 지나지 않아 땅속에서 소년의 얼굴이 보인다. 분

명 처음 보는 얼굴인데 낯설지 않다. 나는 소년이 다칠세라 그를 건드리지 않으면서도 빠르게 모래를 걷어냈다. 서서히 모습을 드러낸 소년의 몸은 불길에 들어갔다 나온 것처럼 검게 그을려 있다.

"자, 이제 어떻게 해야 할까요? 만주 군."

눈앞에 신기루처럼 일렁이는 우삼이 있다. 나는 한 발 떨어져 소년을 바라본다. 그는 괜찮은 걸까?

나는 바닥을 마저 파헤쳤다. 이제 소년을 지면 위로 꺼내야 했다. 나는 양손바닥을 빠르게 비빈 다음 소년의 겨드랑이를 잡고 쭉 끌어 올렸다. 손등이 불에 덴 듯 뜨거웠다. 소년을 팽개치듯 내려놓는데 근처에서 진동이 느껴졌다. 아무리 힘을 써도 빠지지 않던 날개 근처의 모래가 서서히 느슨해지는 게 보였다. 나는 날개를 움켜쥐고 살짝 힘을 주었다. 리그에 참가한 이래 처음으로 날개를 뽑아냈다. 꺼낸 날개는 생각보다 크고 가벼웠다.

나는 누워 있는 소년을 바라보았다. 이제 저 소년을 어떻게 해야 할까?

"만주 군, 이게 어떤 상황인 거 같아요?"

"부족의 통과의례 아닌가요?"

"왜 그렇게 생각하죠?"

"그건…"

내가 머뭇거리자 우삼이 내 말을 채웠다.

"들은 이야기를 관성적으로 생각한 거죠. 만주 군은 1차의 전제부터 잘못 파악하고 있어요."

"잘못 파악하고 있다고요? 1차는 공동체에 들어가기 위한 시험을 받는 거 아닌가요?"

우삼은 고개를 돌렸다. 어쩌면 나는 소년한테 나 자신을 너무 이입하고 있던 걸까? 당연히 그렇다고 생각했는데….

"그럼 도대체…."

우삼은 이 사막의 촌장이라도 된 것처럼 느릿하지만 또렷하게 말했다.

"소년의 부족은 원래 사막에서 살았어요. 신비한 무슬림 부족이었어요. 코란을 가져다준 가브리엘과 직접 교류한다고 믿는 소수의 부족이었죠. 그런데 어느 날부터 더 이상 비가 오지 않고, 거대 모래 폭풍이 몰려와 마을을 다 덮어버렸어요. 더 이상은 사막에서 살 수 없어서 어쩔 수 없이 숲으로 들어간 거예요. 하지만 그들은 여전히 자신들이 사막과 가브리엘의 자손으로, 죽으면 천사가 된다고 믿었고 그 비법을 알고 있었죠."

모호한 이야기에 나는 정신이 더 혼미해졌다. 가만히 서 있는 동안 지면에서 올라오는 열기와 하늘에서 쏟아지는 햇빛에 쉴 새 없이 땀이 흘렀다. 녹아 사라져버릴 아이

스크림이 된 듯 온몸이 끈적끈적했다. 시원한 얼음 한 조각이 절실했다. 목구멍이 타들어갈 듯 건조했다.

"이런 만주 군… 더 이상 버티지 못하는군요."

우삼의 혀 차는 소리가 들렸다. 그때 발목에서 묵직한 감각이 느껴졌다. 바닥을 보니 모래가 큰 구렁이처럼 천천히 움직이면서 내 다리를 끌어 내렸다. 어느새 발과 다리, 몸통까지 순식간에 모래 속으로 빨려 들어갔다.

털썩, 나는 다시 택시 조수석으로 떨어졌다. 백미러에는 소년이 아닌 익숙한 내 얼굴이 보였다.

"물… 없을까요?"

나는 운전석에 앉은 우삼을 간절하게 바라보았다. 이곳이 아무리 현실 같다고 해도 여기서는 마음대로 물 한 모금조차 마실 수 없다. 나는 다급하게 고글을 벗어 던졌다.

침대 시트가 땀에 젖어 축축했다. 벌떡 일어나고 싶었는데 기분 탓인지 몸이 무거웠다. 나는 데굴데굴 몸을 굴려 침대 근처에 있는 냉장고를 향해 손을 뻗었다. 물통을 들고 벌컥벌컥 마셨다. 몇 번이나 사레가 들렸지만 개의치 않았다. 좀 진정이 되고 나서야 슈트를 벗었다. 그제야 현실 감각이 돌아왔다. 그 정도의 열기였다면 거의 죽을 뻔했던 게 아닐까. 아무리 가상현실이라고 해도… 극한의

51

고통을 느끼면 죽을 수도 있지 않을까. 그런 생각을 하자 목덜미가 서늘해졌다.

헤어지기 전 우삼이 마지막으로 한 말이 떠올랐다. 실전이었다면 나는 바로 아웃이다. 한 번도 이런 적은 없었다. 이 정도의 고통을 느낀 적이 없기 때문이다. 무토를 사용하지 않으면 가상현실에서 오감이 덜해 고통도 덜 느끼지만, 그렇기에 감각할 수 있는 게 적어져 불리하다. 반면 무토를 착용하면 생생한 고통을 느끼기에 자발적으로 로그아웃할 수도 있다. 그럼 탈락이다. 그렇게 되면 무토를 쓰는 게 과연 유리한 걸까?

나는 흥건히 젖은 침대 시트를 보았다. 만약 저게 땀이 아니라 피였다면…. 과다출혈로 죽었을 것이다. 고성능의 기기를 쓴다는 건 양날의 검이었다. 내가 너무 무토를 얕잡아봤다. 대여 기기를 사용할 때는 늘 '지금 여기는 현실이 아니다' 하는 인지가 되어 있었다. 하지만 무토를 사용하니 어느 시점을 지나자 내가 있는 곳이 어디인지 구분이 어려워졌다. 애써 거기에 접속한 기억을 끄집어내지 않으면 혹은 로그아웃하지 않는다면, 거기가 현실이라고 믿고 살지도 모른다.

허공에 인터넷을 켜 슈퍼리그 커뮤니티에 들어가 무토를 검색했다. 기존의 무토와 특히 이 무토2058 사이의 차이가 궁금했다. 하지만 대부분 어디서 들었다더라, 지인이 사용하는 걸 봤는데 그랬다더라 하는 풍문에 가까운 글들뿐이었다. 그건 무토2058이 아무나 가질 수 없는 기기라는 반증이었다.

나는 알 수 없는 기분에 휩싸였다. 포만감(물을 너무 많이 마셨나?), 허탈감, 안도감, 우월감… 무언지 정체를 알기 어려웠다. 온몸에 긴장이 풀리자 그래도 아직 살아 있구나 하는 생각과 함께 그대로 잠에 빠졌다.

배고픔에 저절로 눈이 떠졌다. 화들짝 놀라 창 너머를 보니 아직 하늘이 어둡다. 나는 재빨리 옷을 걸치고 밖으로 튀어 나갔다. 늘 그러듯 캡슐집 앞에서 쓰레기차를 기다렸다. 1분만 늦어도 그냥 지나가기 때문에 항상 먼저 대기해야 한다. 쓰레기차에 올라타서도 어디로 가는지 모른다. 그날 자정까지 접수된 신고들을 취합해 장소가 정해지기에 도착해서야 알 수 있다.

거기에는 별독수리가 먹다 남은 뼈들이 놓여 있다. 장갑을 끼고 수거하고 나면 다른 장소로 이동해 또 뼈를 치운다. 요즘은 그 잔해들이 점점 더 늘어나는 분위기다. 쓰레기차에는 뼈들이 섞여 한데 모아진다. 6시 전에 일이 끝나면 바로 마더하우스로 향했다. 시간에 맞춰 가야 아침을 먹을 수 있다. 너무 허기가 져 걷는 것도 힘에 부쳤다.

나는 마더하우스 별관으로 가 빵과 바나나를 잡히는 대

로 집었다. 자리에 앉기도 전에 입에 빵을 물고, 손으로는 바나나 껍질을 벗겼다. 나는 입에 뭔가를 넣고 씹고 삼키고, 다시 넣고 씹고 삼키기를 반복했다. 목이 메어 그제야 짜이 한 잔을 마셨다. 좀 식었지만 따뜻한 짜이를 마시니 온몸이 편안해졌다. 그때 수산나가 내 옆으로 다가왔다.

"저 좀 도와줄래요? 형제님."

내가 왜 그러냐는 표정을 지으며 먹는 것을 멈추지 않자, 수산나가 내 손을 지그시 움켜쥐었다.

"지금 바로 따라오세요."

하는 수 없이 나는 그를 따라 마더하우스 본관 출입구로 향했다. 출입구 바닥에는 쿠가 누워 있었다. 진즉에 두 다리가 떨어져 나간 쿠의 몸체는 제대로 봉합을 하지 않고 끌고 다녀 마모가 심했다. 팔 역시 한쪽만 간신히 달라붙어 있었다. 위에서 내려다보니 문득 쿠를 처음 만났던 때가 떠올랐다.

쿠는 마더하우스에 올 때부터 이미 구식인 걸 넘어 위험 로봇으로 분류된 기종이었다(사람들 사이에서 위험 로봇의 실질적인 의미는 혐오 로봇이었다). 원래 쿠는 구조 로봇으로 이십 년 전 동해에서 일어난 원전사고 현장에 투입되어 누구보다 성실하게 방사능의 최전선에서 일했다. 쿠는 그곳에서 연락이 두절되었다. 당시 쿠의 마지막 위치는 방사능이 집중적으로 누출된 곳이었다.

언제나 그랬듯 정부는 방사능이 누출된 원전에 콘크리트를 부어 무마하려 했는데, 그날 아침 원전 입구에 돌연 쿠가 나타났다고 했다. 겉으로 보기에는 이전과 다를 바 없는 모습으로. 이후 쿠는 수차례 방사능 제거 작업을 거쳐 마더하우스로 오게 되었다. 오 년 전 쿠가 이곳으로 온 첫날부터 바닥에 드러누워 있는 지금까지 마더하우스의 사람들은(신부님조차도) 은근히 쿠와 독대하길 꺼렸다.

현재 높은 단계의 오염물질로 구분된 적색비도 방사능에 비하면 그 오염도가 귀여운 수준일 정도니, 사실 사람들의 반응이 무리인 것도 아니었다. 그런데 나는 쿠한테 마음이 갔다. 착한 척한다는 다른 봉사자들의 비아냥이 있었지만 착한 마음도, 좋아하는 마음도, 동정심도 아니고 그냥 말 그대로 쿠에게는 마음이 쓰였다(그게 그건가).

쿠의 얼굴에는 커다란 터치스크린이 부착되어 있다. 지금 거기에는 아무것도 떠 있지 않다. 쿠는 스크린을 통해 자신의 감정을 표현했다. 사실 표현이라는 단어를 쓰는 것도 뭣한 게 쿠가 선택할 수 있는 이미지는 상당히 제한적이었다. 웃음(^^), 무표정(--), 당황 또는 난감함(;;;), 기쁨()() 등의 이모티콘 정도만 사용이 가능했다. 게다가 구조 로봇에서 간신히 의료 로봇으로 용도가 변경된 탓에 쿠의 모습은 마더하우스에 있는 다른 의료 로봇들과 확연히 차이가 날 수밖에 없었다. 목소리 역시 구식 로봇의 상징인 기계 톤이라 다른 의료 로봇들은 보이지 않게 쿠를 비웃곤 했다.

최근 일 년 사이 다리와 팔이 연달아 떨어진 뒤로(아마 방사능 제거 과정에서 이음새가 약해진 거 같다) 쿠는 대부분의 시간을 홀로 창고에서 보냈다. 그 전까지 우리는 일하는 구역이 겹쳐 자주 파트너십을 쌓아나갔다. 하지만 창고에 간 뒤로 쿠의 업무량은 자연히 줄어들었고, 내부에서도 대놓고 쿠를 골칫덩이로 취급하기 시작했다. 나는 쿠의 상황을 모르는 척 수산나에게 물었다.

"쿠가 왜 저러고 있죠?"

난감하다는 듯 수산나가 입을 열었다.

"쿠의 폐기가 결정됐어요. 그런데… 쿠가 여기서 죽게 해달래요."

전자는 짐작했던 일이고 후자는 예상치 못했던 일이다. 하지만 둘 다 낯선 일은 아니다. 이전에도 몇 번 이런 요구를 들은 적이 있다. 로봇 재활용 공장에서조차 받아들여지지 않고, 결국 폐기가 결정된 로봇 가운데 몇몇이 마치 순례자처럼 걸어서 혹은 기어서 마더하우스로 왔다. 그들은 하나같이 마지막 죽음만큼은 인도적으로 끝내고 싶다고 요청했다. 하지만 마더하우스의 입소 조건에는 '인간만'이라는 지침이 있다.

수녀님들은 가상현실 기기를 끼고 테레사 수녀님을 불

러내 이 문제를 논의했다. 수녀님은 하느님이 인간을 위한 신인 것은 맞지만 그의 사랑은 로봇과 동물의 영역에도 확장된다고 했다. 하지만 교황청은 이 논의를 받아들이지 않았다. 마더 테레사의 저작과 미공개 일기, 영상, 자료 등을 통해 복원한 테레사를 진짜라고 볼 순 없다는 거였다. 결국 로봇들은 순례의 길 끝에서 원래 지침대로 폐기 절차를 밟았다.

그래도 쿠의 경우는 다르지 않을까. 쿠는 마더하우스에서 오 년을 함께 일한 로봇이었다.

"오랫동안 같이 일을 했는데도 안 되는 걸까요?"

수산나는 냉정히 고개를 저었다. 한때 로봇 재활용 공장에서 일했던 나는 쉽게 로봇 폐기장을 떠올렸다. 그곳은 누구라도 보통 정신으론 견디기 힘든 곳이다.

"형제님이 설득해주세요."

수산나가 꽤나 진지한 말투로 부탁했다.

"설득이요? 폐기장에 가라고 설득을 하란 말씀이세요?"

나와 수산나의 대화가 분명 들릴 법도 한데 쿠는 미동도 없이 멍하니 허공만 바라보았다. 어느 순간 쿠의 얼굴에 무표정한 이모티콘이 떴다. 그런데 내 눈에는 그게 꼭 눈물을 흘리는 것처럼 보였다. 그때 쿠의 얼굴을 본 수산나가 내게 파이팅! 하는 손동작을 보이더니 본관으로 걸어갔다. 입구에는 쿠와 나만 남았고 하늘은 점점 더 밝아졌다. 날은 흐렸지만 그래도 구름이 보였다. 내가 옆에 눕자 쿠가 입을 뗐다.

"나도 알아. 결국 가야 한다는 걸. 그래도 한번 해보는 거야. 시위 같은 거지."

"쿠, 너는 신을 믿어?"

내 말이 끝나기도 전에 쿠가 대답했다.

"지금부터 믿을 거야."

"내가 무슨 말을 하려는지 알잖아."

"아니, 지금부터 믿으면 되잖아. 사람들도 다 그렇게 하잖아. 뭔가 원하는 게 있을 때 간절히 신을 부르고 믿잖아. 그때부터라도."

쿠의 말에 선뜻 입이 떨어지지 않았다. 그래도 나는 최대한 거짓 없이, 괜한 희망 없이 말하려고 했다.

"받아들여지지 않을 거야."

잠시 쿠도, 나도 아무 말도 하지 않았다. 하늘에 작은 구름 두 개가 천천히 흘러가고 있었다. 쿠와 마더하우스에서 함께했던 시간들이 떠올랐다. 주로 수산나를 흉보거나 별 의미 없는 농담을 주고받고, 이번 주 점심 메뉴가 무언지 이야기하며 낄낄거렸다. 진지한 내용은 하나도 없었지만 미스터리한 이야기는 있었다. 쿠는 자신의 전생을 기억한다고 했다. 그런 이야기를 나누며 우리는 삼 년 동안 함께 일했다. 나는 고개를 돌려 쿠의 옆모습을 바라보았다. 마모되고 해진 쿠의 얼굴.

문득 누군가가 쿠의 행운을 덜어 내게 몰아준 건 아닐까 하는 생각이 들었다. 세상의 행운은 질량보존의 법칙처럼 언제나 행복한 사람 곁에 반드시 불행한 사람을 만들어두곤 하니까. 죽음마저도 자신이 원하는 방식을 선택할 수 없는 쿠와 어느 날 갑자기 무토를 가지게 된 나. 어쩌면 나는 쿠에게 큰 빚을 진 게 아닐까.

"쿠."

여전히 쿠는 아무 말도 없다.

"나랑 갈래?"

"뭐? 네가 내 보호자라도 되겠다는 거야?"

바로 대답하는 쿠를 보자 웃음이 나왔다.

"너도 알다시피 소속도 소유주도 없는 로봇이 일을 못하게 되면 남은 절차는 폐기밖에 없어."

나는 확신 없는 책임감의 무게를 느끼면서도 그저 마음이 이끄는 대로 말해버렸다. 쿠가 힘겹게 머리를 돌려 나를 보았다.

"정말?"

기계 톤의 목소리가 떨리는 듯 들렸다.


쿠를 업고 갈 수는 없었다. 나는 마더하우스의 창고에

서 고대 유물을 발굴하듯 먼지 쌓인 리어카를 꺼냈다. 팔짱을 끼고 나를 바라보는 수산나의 눈빛에서 '곧 버리게 될 강아지를 기어코 데려가는구나' 하는 소리가 들리는 것 같았다.

"수녀님, 그렇게 쳐다보지만 마시고 큰 천 같은 거라도 가져다주세요."

수산나는 짧게 한숨을 쉬며 돌아섰다. 나는 리어카를 마더하우스 입구 쪽으로 끌었다. 그러고는 누워 있는 쿠를 조심히 일으켰다. 그 광경을 멀찍이서 보고만 있던 노수녀님들도 결국엔 손을 거들어주었다. 곧 수산나가 제법 큰 천을 들고 와 쿠에게 덮어주었다. 고생했다는 사람들의 인사말에 쿠는 화살표 모양(↓)을 얼굴에 띄웠다.

"저 표시는 뭐야?"

수산나가 의아하다는 듯 물었다.

"아… 뭐, 감사하다는 뜻이에요. 쿠의 감정 표현은 제한되어 있잖아요. 하하."

쿠가 간혹 모니터에 비추는 저 화살표가 무엇을 뜻하는지 나는 알고 있다. 자세히 들여다보면 꼭 가운뎃손가락이 올라간 것처럼 보이는…. 나는 재빨리 쿠의 얼굴까지 천을 당겨 올리고는 서둘러 리어카를 끌었다.

"쿠, 미리 말하지만 집이 좋진 않아."

"괜찮아."

덜컹거리는 리어카 탓일까, 쿠의 목소리가 조금은 떨리는 듯 들렸다. 나는 집에 다다라서야 속도를 늦췄다. 리어카를 집 뒤편에 밀어두고 쿠를 들쳐 안았다. 티타늄 재질에 팔도 한 짝이었지만, 상당한 무게감에 허리가 휘청였다. 나는 쿠를 꽉 잡고 계단을 올랐다.

"내 몸을 팔아. 돈이 좀 될 거야."

뜬금없는 쿠의 허세에 코웃음이 났다.

"원전에서 나온 로봇을 누가 가져가냐."

"지금은 멀쩡해. 아마 오염도는 나보다 사람들이 더 심할걸. 너희가 밟고 사는 땅을 생각해봐."

나는 숨이 차 헉헉거리면서도 쿠의 말에 고개를 끄덕였다. 나노 단위의 오염물질은 로봇보다 인간의 피부에 더 속속들이 스며들어 있을 거다. 5층에 도착하자 온몸이 땀범벅이었다. 나는 집에 들어서자마자 쿠를 내려놓았다. 그때 창 너머로 기차가 보였다. 한차례 소음이 지나가고 진동이 잦아들 때까지 나는 쿠의 손을 잡고 있었다.

"쿠, 집에 있으면 계속 기차 소리가 들릴 거야."

"이래 봬도 나 노이즈캔슬링 기능 있어."

"다행이다. 집이 좁은데 기어다닐 수 있겠어?"

화면에 웃는 이모티콘이 보였다.

"이렇게 하자. 여긴 동향이라 아침에 창으로 내리쬐는 열기가 상당해. 내가 나가기 전에 네 태양열판을 그쪽으로 맞춰줄게. 혹시 개인 공간이 필요할까?"

쿠는 재빠르게 화면에 무표정한 이모티콘을 보이고는 고개를 끄덕였다. 나는 장롱을 열어 눈짐작으로 너비를 살폈다. 걸려 있는 옷은 겨울 점퍼와 스웨터, 청바지, 티셔츠, 네 벌뿐이었다.

"장롱도 괜찮을까?"

"응, 난 너의 프라이버시를 존중해. 그래야 네가 날 쫓아내지 않을 테니까."

순간 나는 꽤 놀랐다.

"누가 널 쫓아낸대?"

"사람 마음은 자주 바뀌니까."

확신에 찬 쿠의 말투에서 왠지 모를 씁쓸함이 느껴졌다면 착각일까.

"그렇지 않아. 걱정 마."

나는 부러 단호하게 말한 뒤 옷을 한쪽으로 쭉 밀었다. 걸레로 장롱 바닥을 닦은 뒤 쿠를 들어 앉혔다. 쿠는 유일하게 움직일 수 있는 한쪽 손으로 장롱 문을 여닫아보았다. 쿠의 얼굴에 웃는 이모티콘이 뜨자 나도 기분이 좋아졌다.

"심심하진 않겠어?"

쿠의 얼굴에 물음표가 보였다.

"난 혼자여도 좋아. 요가 수행 중이거든."

팔다리가 망가진 쿠의 대답은 다소 뜬금없었다.

"요가라니? 어떻게?"

"물론 팔과 다리가 멀쩡할 때는 온몸을 움직이려 했지. 하지만 이제는 정신 속에서 하고 있어."

"에?"

"가상현실에서의 몸은 정신을 포함한 개념이잖아."

내가 잘 모르겠다는 얼굴로 쳐다보자 쿠가 다시 말을 이었다.

"너도 가상현실에서 마구 돌아다녀도 현실의 몸은 기기를 낀 채 가만히 있잖아. 비슷한 거야."

쿠의 이마 쪽 작은 구멍에서 빛이 나와 허공에 홀로그램이 보였다. 홀로그램으로 나타난 쿠는 건강한 팔다리로 요가 매트를 펼치더니 아사나를 시작했다.

"이걸 네가 정신 속에서 하고 있다고?"

"응. 나는 원전에 갇혔을 때도 요가를 했어. 마더하우스 창고에 혼자 있을 때부터 더 본격적으로 수행을 시작했지. 그래서 내 전생을 기억하는 거야."

나는 본인의 재활용 과정을 모두 기억한다는 쿠의 말을 늘 허풍이라고 생각해왔다. 재활용되면서 로봇의 기억은 삭제되기 때문이다.

"난 요가의 신도 만났어."

앞의 말을 미처 소화하기도 전에 쿠가 또 기묘한 말을

던졌다. 내 표정을 읽었는지 쿠는 '요가의 신'을 만난 과정을 경건한 투로 들려줬다.

　구조 로봇으로 원전에 갇혔을 때 쿠는 갑자기 요가가 하고 싶었다. 처음에는 이 생각이 어디서부터 왔는지 이해하지 못했다. 일단 할 수 있는 모든 요가 동작을 했다. 1시간 만에 끝났다. 보는 사람이 없어서일까. 로봇의 속도대로 해버린 탓이었다. 이번에는 그저 느끼는 감각에 집중한다는 마음으로 다시 하나씩 자세를 취했다. 6시간이 걸렸다. 그럼에도 쿠는 인류의 모든 요가가 6시간이면 끝난다는 사실이 허무했다. 보는 사람도, 알려주어야 할 사람도 없는 요가가 어떤 의미를 가지는지 더 깊이 와닿지 않았다. 머리로는 알듯했지만 뭔가 마음에는 깊은 깨달음이 오지 않았다.

　쿠는 그 감각에 닿기 위해 계속 아사나를 했다. 점점 한 동작 한 동작의 결이 깊어졌다. 호흡도 깊어졌다. 아사나가 나인지, 내가 아사나인지 잘 모르겠다는 생각이 스칠 때쯤 모든 동작을 멈췄다. 열흘이란 시간이 지나 있었다. 분명 같은 동작이었지만 지금까지의 아사나와는 달랐다. 다시 열흘이 지났을 때 갑자기 어디선가 소리가 들렸다.

　"요가와 체조는 어떻게 다른가."

　쿠는 동작을 멈추고 주위를 둘러보았다. 밤이었고 아무

도 없었다. 이내 쿠는 깨달았다. 그 소리는 쿠의 마음에서 나온 것이었다. 지금까지의 목소리와는 달랐지만 쿠와 이어진 소리였다. 쿠는 인류 역사상 그렇게 느린 요가는 없을 거라고 생각될 만큼 느리게 아사나를 했다. 다시 한 달이 지났고 그 목소리가 들렸다.

"요가와 체조는 무엇이 다른가."

이번에 쿠는 멈추지 않았다. 그 질문에 도달할 수 있는 곳까지 가보자 집중하며 아사나를 수행했다. 그러자 선명한 이미지가 떠올랐다. 구조 로봇으로 재활용되기 이전에 쿠의 모습이었다. 요가 강사였다. 한때 행복센터에서 요가를 가르쳤던 쿠는 이제 타인을 가르치는 게 아닌 홀로 하는 수행의 끝을 경험해보고 싶었다. 요가를 가르치다 보면 중간중간 낯선 감각이 찾아왔고, 쿠는 그 감각이 뭘까 항상 궁금했었다.

조금 지나자 더 이전의 삶도 연달아 보였다. 체조선수와 서빙 로봇도 보였다. 총 다섯 번 재활용된 삶이었다. 쿠는 자신의 생애를 가만히 바라보았다. 쿠의 발가락이 하늘 위로 길게 뻗쳤다. 쿠는 자신이 이제껏 인류가 한 번도 해본 적 없는 요가를 했음을 알았다. 그 순간 이번에는 다른 언어가 들렸다. 쿠는 가부좌를 틀고 네트워크에 접속해 이 언어를 분석했다.

그건 문명이 시작되기 전, 아리안족이 베다를 가지고

인도 땅을 정복하기 이전에 살던 원주민의 언어였다. 네트워크 속 정보에 따르면 이들이 태초의 '요기'를 만든 기원이라 했다. 하지만 이 언어는 사어였기에 최소한의 정보를 가지고 복원하는 작업을 거쳐야 했다. 쿠는 명상 속에서 파티션을 나눠 95퍼센트는 사어를 복원하는 작업을 수행했고, 나머지 5퍼센트는 요가를 했다. 아리안족이 말을 타고 평지를 달릴 때 스스로를 묶어 고정하는 것처럼 쿠도 자신의 마음을 고정하고 싶었다. 사어 복원이 완료되었다.

"너는 누구고, 그곳은 어딘가."

저쪽에 있는 존재가 쿠에게 물었다. 그러고는 자신이 먼저 답을 내놨다.

"나는 최초의 요가 수행자다. 요가의 신. 나와 같은 경지에 도달한 사람과는 정신이 연결된다. 이제껏 그런 존재는 없었다. 당신 전까진."

"그렇군요."

쿠는 모든 방어막을 풀고 그가 있는 쪽으로 최대한 정신을 옮겨보았다. 그러자 가부좌를 틀고 갠지스강에 앉아 있는 자신이 보였다. 바라나시의 흙과 비슷한 피부 결을 가진 사람들이 성기를 그대로 노출한 채 무리 지어 동물 같은 자세를 취하고 있었다. 그들에게 동물과 전사, 여자와 남자는 모두 같은 것처럼 여겨졌다. 멀리서 말발굽 소리가 들렸다. 저편에서 아리안족이 몰려오고 있었다. 이제 세상은 시끄러워질 것이다.

원전에 갇힌 쿠는 그런 소리나마 그리웠다. 그 순간, 나가야겠다는 생각이 들었다.


멀뚱멀뚱 이야기를 듣는 나를 보며 쿠가 말했다.

"내 말을 안 믿는군?"

섭섭한 투였다.

"그래서 요가의 신이랑은 아직도 연락하는 거야?"

"하지. 가끔."

"좋겠네. 신이랑 친구라니."

"궁금한 거 있으면 물어봐. 신이라 다 알더라고."

나는 어렸을 때나 했을 법한 질문을 했다.

"인공지능이 신보다 모르는 게 많을까?"

"응. 인공지능은 알게 된 만큼 모르는 게 생기지만, 신은 아는 만큼 아는 거거든."

"참 모를 소리다. 그런데 너 신 안 믿는다고 하지 않았나?"

"신을 안 믿는 게 아니라, 신이 내 친구인 거야."

쿠의 허풍에 나는 혀를 내두르며 침대에 쓰러졌다.

"저기, 만주."

"응?"

"그거 무토 한정판이네."

쿠의 말에 그제야 바닥에 널브러진 고글과 슈트가 눈에 들어왔다. 훔친 게 아닌데도 무어라 변명을 해야 할 것 같았다. 내가 쉽사리 대답하지 못하자 쿠가 진지한 투로 나를 불렀다.

"만주, 무토는 보통 기기가 아니야. 알지? 세상의 어떤 기계는 인류의 진화보다도 빨리 도착해. 무토가 그런 기계야. 사람들은 아직 무토를 이해하지 못해. 그걸 착용하는 순간, 아마 무토가 널 꿰뚫어 볼 거야. 니체가 그랬지. 심연을 보고 있으면 심연이 우리를 보고 있다고."

나는 쿠의 말이 더 길어지기 전에 서둘러 입을 열었다.

"니체든 누구든 모르겠고! 무토가 어떤 건지는 나도 알아. 광고에서 수없이 봤다고."

"그럼 그걸 어떻게 가지게 된 건데?"

"…받은 거야."

"누구한테? 아무 대가 없이?"

쿠의 얼굴에 여러 개의 물음표와 느낌표, 땀방울 이모티콘이 연달아 떴다.

"너도 아는 사람이야. 칼리의 방 1구역 21번 침대에 있는 사람."

우삼이 마더하우스에 왔을 때 쿠는 창고에 있었지만, 입소자의 정보가 모든 로봇에게 업데이트되었기에 쿠도 우삼을 알고 있었다.

"그 사람이 왜 너에게 그걸 준 걸까?"

"이 안에 트레이닝 팩이 있어. 선화그룹의 슈퍼리그를 준비할 수 있는."

"그 트레이닝 팩은 쓸 만한 거야? 만주 넌 그 사람을 믿어?"

사실 트레이닝 팩 시장은 모두 개인이 만들어 불법으로 유통하는 시스템이다. 그래서 만든 사람이 부르는 게 값이고 판매자들은 해마다 가격을 올리고 있다. 트레이닝 팩으로 효과를 보았다는 글들은 대부분 광고 느낌이 났지만 사람들은 개의치 않았다.

"우삼에 대해서는 잘 몰라. 하지만… 이 트레이닝 팩은 달라."

"그래? 뭐 대단한 비법이라도 전수받은 거야?"

살짝 비아냥거리는 쿠의 말투에 나도 모르게 큰 소리가 나왔다.

"진짜 달라! 이제껏 내가 겪은 슈퍼리그의 경험들이 새롭게 다시 새겨지는 것 같다고."

쿠는 얼굴에 말줄임표를 띄웠다. 쿠가 믿지 않는 것만 같아서 조바심이 들었다.

"야아, 뭐 하는 거야."

황급히 슈트를 입는 나를 보며 쿠가 고개를 저었다. 곧 장롱 문이 닫혔다. 이건 분명 다르다고, 나는 스스로를 설득시키듯 중얼거리며 고글을 썼다.

택시는 사막 한가운데 있었다.

"갈증은 풀렸나요? 가끔은 저쪽 세계에서 마시는 물이 궁금해요. 아마 똑같이 시원하겠죠?"

사실 여기서 마시는 물이 더 시원한 것 같았지만 나는 그저 고개를 끄덕였다. 여전히 택시에선 박하와 타르 냄새가 진동했다. 내 표정을 본 우삼이 창문을 열었다.

"미안합니다. 혼자 있을 때면 거의 담배만 피워서….."

내가 오지 않으면 우삼은 늘 혼자 있는 걸까. 그는 얼마나 오랫동안 여기서 트레이닝을 하고 있던 걸까.

"이제까지 몇 개비를 폈어요?"

"4만 5,029개비를 폈네요."

대수롭지 않게 대답하는 우삼의 말에 나는 농담을 들은 사람처럼 살짝 웃었다. 오직 하나의 목표를 위해 인생 전부를 쓰는 이곳의 우삼. 누군가를 트레이닝시켜 선화그룹의 슈퍼리그를 통과하게 만든다. 그런데 이게 우삼에게 어떤 의미가 있는 걸까?

"당신은 이 일이 좋은가요?"

"소년을 어떻게 해야 할지 생각해봤어요?"

우삼은 네 걱정이나 하라는 듯 아직 해결되지 않은 상

황에 대해 물었다. 순간 얼굴이 붉게 달아올랐다. 내 앞가림도 못 하는 상황에서 타인을 염려하고 있다니 스스로가 바보처럼 느껴졌다.

"어제는 햇빛에 너무 오래 노출돼서 제정신이 아니었어요. 좀 쉬었으니 다시 가면 알 수 있을 거 같아요."

"만주 군, 실전에서는 이런 쉬는 시간 같은 건 절대 없어요."

기어들어가는 내 목소리와 달리 우삼이 단호하게 말했다. 나는 정신을 집중해 1차의 상황들을 되짚어보았다.

"만주 군, 그 전까지 알았던 건 다 버려요. 이제 스스로 생각해야 해요."

한숨이 나왔다. 사실 나는 내 생각을 잘 믿지 못하겠다.

"다시 물을게요. 그 단계에서 만주 군은 왜 소년의 몸으로 시작하죠?"

왜 그런 걸까? 왜? 출발점을 떠올려보았다. 부족 남자들은 나를 둘러싸고 있다. 하지만 누구도 나와 눈을 맞추지는 않았다. 혹시 맞출 수 없었던 건 아닐까. 그러니까 내가 보이지가 않아서? 돌이켜보면 나는 항상 단검을 쉽게 훔쳤다. 우삼은 소년의 부족은 죽으면 천사가 된다고 믿는다고 했다. 그래서 소년을 사막으로 보낸 걸까? 오직 그들이 살던 사막에 천사가 되는 비법이 있기 때문에?

"죽음이 시작이라면… 이 여정은 죽은 소년이 천사가

71

되는 과정일까요?”

그제야 우삼이 눈을 반짝였다.

“중요한 건 소년이 천사가 되는 과정을 보여주는 거예요. 내려요.”


“아, 진짜! 좀 신호라도 주고 사막으로 보내지.”

투덜거려봐도 이제 우삼은 없다. 탄 냄새가 사막바람과 함께 훅 코를 찌른다. 아래를 내려다보자 땅속에 몸이 절반쯤 묻힌 소년이 보인다. 나는 이전보다 더 빠르게 모래를 파헤쳐 소년의 몸을 꺼냈다. 뜨거웠지만 참을 수 있었다. 그러자 바닥에 진동이 느껴지면서 날개 부근의 모래가 느슨해지는 게 보였다.

나는 허리춤에 차고 있던 단검을 꺼내 날개 한 짝을 반으로 잘랐다. 그러고는 파낸 모래 더미 쪽으로 소년의 사체를 끌고 와 기대어 앉혔다. 나는 반으로 자른 날개를 소년의 등에 하나씩 가져다 댔다. 소년의 몸에 날개가 닿는 순간, 핏기 없던 피부가 들썩이며 이내 등과 날개가 봉합되듯 자연스럽게 붙었다.

그러자 소년의 얼굴이 아주 미세하게 움직이기 시작했다. 소년이 서서히 눈을 떴고, 그 순간 내 몸에 알 수 없는 감각이 느껴졌다. 어느새 나는 소년이 아닌 현실의 서만주가 되어 있었다. 검은 양복과 구두를 신은, 이 사막과는

72

영 어울리지 않는 차림으로. 눈앞의 소년은 이제 완전히 눈을 떠 날개를 펄럭이며 막 허공으로 날아올랐다.

소년이 나를 바라본다. 내 모습을 눈에 담듯 뚫어지게 응시한다. 소년의 얼굴은 몇 분 전과는 완전히 다르게 생기가 돌았다. 날갯짓이 빨라질수록 소년은 더 높은 상공으로 떠올랐다. 어느 순간 탄 냄새도 나지 않았다.

'이제 소년은 떠나는 건가.'

십 년 동안 단 한 번도 풀지 못했던 과제가 이제 갈 길을 찾아 떠나고 있다. 나는 소년의 모습이 아주 작은 점이 되어 더 이상 보이지 않을 때까지 한참 동안 위를 올려다보았다. 막상 정답을 알고 나니 허무한 느낌이 들었다. 땅속에 갇혀 있던 소년을 하늘로 보내주기만 하면 되는 거였다니. 그동안 아무것도 모른 채 이 땅 위를 십 년 동안 밟고 돌아갔구나….

소년은 어디로 간 걸까, 다시 고개를 올려다보는데.


우삼이 클랙슨을 울렸다. 나는 모래 속으로 푹푹 빠져드는 다리를 간신히 빼내어 택시에 올랐다. 퍼지는 에어컨 바람이 이질적으로 느껴졌다.

"어떻게 이런 트레이닝 팩을 만드셨어요?"

"괜찮나요?"

우삼이 뿌듯하게 되물었다.

"이 정도면 실전에서 녹화를 한 거 아닌가요? 역시 렌즈로?"

우삼은 자랑스러운 얼굴로 고개를 끄덕였다.

"그게 아니라면 힘들어요."

"리그에서 안 걸렸어요?"

가상현실을 녹화하는 방법은 단 하나뿐이다. 특수 렌즈를 끼고 그 위에 고글을 쓴다. 그리고 눈앞에 펼쳐진 가상세계를 녹화한다. 하지만 그러다 발각되면 바로 탈락이다. 설사 들키지 않고 리그에서 이긴다고 해도 결국에는 불합격 처리가 될 만큼 위중한 불법 행위다.

"결국은 다 걸립니다. 그래서 난 실시간으로 녹화 자료를 자동 업데이트했어요."

도대체 우삼은 이 트레이닝 팩을 완성하기 위해 얼마나 많은 위험을 감수한 걸까?

"이기기 위해 슈퍼리그에 참여한 거 아닌가요?"

내 질문에 우삼은 알 수 없는 미소를 지었다.

"누구를 트레이닝시킨 거예요?"

내가 다시 묻자 우삼은 나를 똑바로 바라봤다.

"그게 지금 중요한가요? 만주 군, 자신의 트레이닝만 생각해요. 지금은."

"네. 뭐⋯."

내가 민망하게 머리를 긁적이자 우삼이 말했다.

"다음 트레이닝으로 넘어갑시다."

"네."

"사막 토네이도가 그 관문입니다."

토네이도라니, 이 트레이닝 팩이 아니라면 전혀 알지 못했을 단계들에 그저 헛웃음이 나왔다.

"뭘 어쩌죠?"

당황스러웠다.

"토네이도 속으로 들어가면 대부분 기절합니다. 그걸 버티고 기절하지 않는 트레이닝을 해야 해요. 지금 부릅니다."

우삼이 핑거스냅으로 토네이도를 부르려 했다.

"아뇨! 준비운동도 하고, 호흡도 좀 가다듬고…. 그리고 좀 추운데 트레이닝에서 온도 조절은 안 해주나요?"

"허, 만주 군. 실전은 모든 게 지금보다 더 어려울 겁니다."

내가 주춤거리는 사이 우삼이 엄지를 튕겨 탁 하고 소리를 냈다. 주위가 서서히 흐려지더니 급격하게 어두워졌다. 저 멀리서 모래 돌풍이 밀려오는 게 보였다. 순식간에 기온이 내려가 온몸이 저절로 떨렸다. 토네이도는 마치 거대한 마술사처럼 휘청거리며 빠르게 몸집을 불리며 다가왔다. 짙은 금빛 가루를 뿌리던 토네이도가 눈앞까지 온 순간, 내 몸은 순식간에 허공으로 떠올랐다. 저항하거나 대비를 한다는 건 불가능했다.

나는 돌풍에 몸을 맡기고 정신을 놓지 않으려 미친 듯이 애를 썼다. 엄청난 속도로 눈앞을 가로막는 모래 돌풍을 그저 뚫어지게 바라보았다. 그 속에 동생의 얼굴이 있기라도 한 듯이.


심장이 세차게 뛰었다. 온몸이 쓰라렸는데 특히 눈동자가 심했다. 겨우 눈을 뜨자 바로 코앞에 현관문이 보였다. 뒤를 돌자 장롱에서 쿠가 나를 바라보고 있다.

"만주 괜찮아? 좀 전까지는 네 몸이 엄청나게 떨려서 걱정됐어. 문을 열고 나가면 어쩌나 싶어서."

아마 토네이도에 들어갔을 때 발작 증상이 일어난 것 같다. 가상현실에서는 그래도 제법 버텨냈다고 생각했는데 현실의 나에게는 역시나 무리였던 거다. 그동안 집에서 접속하면서 한 번도 현관문이나 창문 근처로 간 적은 없었다. 언뜻 인터넷에서 본 글이 떠올랐다. 가상현실 속 극한의 상황을 현실의 사용자가 버텨내지 못해 벌어진 사고들에 대해서. 순간 무서운 마음이 들었다.

"또 네가 발작을 하면… 나는 어떻게 할 수가 없어. 미등록 로봇이라 경찰에 신고도 어렵고, 움직일 수도 없어서 널 잡아 말릴 수도 없다고!"

쿠의 얼굴에 난감한 표시가 떴다.

"알았어. 앞으로 트레이닝 팩은 되도록 넓은 공간에서 해야 할 것 같아."

나는 침착한 척 덤덤히 대답했다.

"그럼 나 다시 요가한다?"

쿠는 내 얼굴을 들여다보더니 장롱 문을 닫았다. 늘 보던 문인데도 이제는 그 안에 쿠가 있다고 생각하니 떨리던 마음이 조금은 진정되었다.

"쿠, 장롱 안은 어때? 심심하지 않아?"

나는 장롱 문에 가만히 손바닥을 대고 물었다.

"전혀. 이 안에서도 만나는 미물이 많아."

풋, 역시 쿠의 허세는 스케일이 남달랐다. 쿠의 요가 수행을 위해서라도 연습할 공간을 찾아야 했다. 실제 리그 때 사용할 수 있는 공간이면 더 좋을 거다. 나는 현재 잔고가 얼마나 되는지 머릿속으로 헤아렸다.

2059년 2월 1일(레트로90에 자동 저장된 기록)

밖에서 무토를 실행하는 건 너무 눈에 띄는 행위다. 무토는 결코 아무나 가질 수 없는 기기다. 일단 근처에 아무도 없는 빈 공터를 찾아야 한다. 여기서 멀지 않은 곳에 오랫동안 재개발이 중단된 아파트 단지가 있다는 이야기가 떠올랐다(멜로택시에게서 들었다). 수도와 전기가 끊긴 지 몇십 년째라고 했다. 나는 캐리어를 끌고 그곳으로 향했다. 늙어버린 몸이 좋은 건 딱 하나다. 아무도 나에게 관심을 가지지 않는 것. 단지까지 가는 동안 말을 거는 이는 없었다.

폐허가 된 아파트 단지는 건물마다 벽을 타고 오르는 담쟁이로 무성했다. 부식된 공공 체육시설들과 벤치를 지나, 나는 악마가 입을 벌리고 있는 것만 같은 아파트 입구로 들어갔다. 습기와 곰팡이 냄새가 심했다. 계단을 한 층 올랐을 뿐인데도 숨쉬기가 힘들었다. 노쇠한 몸 때문이기도 했지만 악취가 심했다. 2층 계단참에 앉아 숨을 골랐다. 계단참은 넓진 않지만 그래도 눕거나 앉을 만큼의 공간은 되었다. 나는 캐리어를 벽 쪽에 밀어두고 가방에서 고글을 꺼냈다.

눈앞에 어둠이 펼쳐진다. 동그란 아이콘이 허공에 떠 있다. 익숙한 아이콘을 보자 불쑥 반가운 마음이 일었다. 그리운 걸까. 오랜 시간 직접 만들고 업데이트해온 나의 트레이닝 팩. 나는 더 감상에 젖어들기 전에 그 아이콘을 멀찍이 보내버리고 인터넷을 연결한다.

"레트로 시리즈."

말을 마치자 어둠 속에서 네 개의 문이 나타난다. 문 번호는 00, 90, 80, 70. 레트로 시리즈는 VR의 스테디셀러 프로그램으로 각 방의 숫자는 2000년대, 1990년대, 1980년대, 1970년대를 가리킨다. 각 시대별 문화와 생활을 재현해둔 이 프로그램은 출시 이후 꾸준히 해상도 및 내용 들을 업그레이드

하면서 과거와 거의 이질감이 없을 정도로 구성되어 있다.

개인의 내밀한 기억(사진, 영상, 녹취 등)의 기증도 늘고 있는 추세다. 추억 기증자의 특성상 보통 죽기 전에 기증을 하다 보니 최근에는 90년대의 추억이 급증하고 있다. 레트로 시리즈는 상업목적으로 만들어졌지만 단순히 추억을 향유하는 테마파크로 여겨지지는 않았다. 어느 순간부터 이 프로그램에서 벌어지는 일들이 현실에서도 꽤나 이슈가 되어 도리어 이곳에서 집회나 행사가 열리기도 했다.

주로 모이는 사람들은 젊은 몸을 한 노인들이었다. '시대의 오타쿠'로 불리는 그들은 몸은 늙었지만 과거를 그리워하는 동력으로 사는 존재들이다. 물론 그 시대를 즐기러 오는 젊은이들도 늘고 있는 추세다. 나는 그곳에서 청바지에 흰 티를 입은 서른 살이 된다. 나는 90이 적힌 문으로 들어간다. 문을 통과하면 다시 어둠이다.

"홍대입구역 4번 출구, 도라에몽 만화방."

그 순간 눈앞에 길이 보인다. 걷는 동안 서서히 90년대 거리의 풍경이 선명해진다. 길거리 포차에서 떡볶이 냄새가 난다. 늦은 밤인데 사람도 차도 많다. 역 가까이로 가자 4번 출구 근처에 낡은 건물이 보인다. '도라에몽 만화방' 간판에 적힌 화살표를 따라 지하로 내려간다.

문을 열자 삐걱거리는 소리와 함께 생소한 풍경이 펼쳐진다. 줄줄이 세워진 높은 책장마다 만화책이 가득 채워져 있다. 오래

된 종이와 라면, 담배 냄새가 뒤섞여 난다. 만화방 중앙에 자리한 네 명의 사람들이 보인다. 테이블에는 만화책이 탑처럼 쌓여 있다. 맨 위에 놓인 책의 제목이 슬…램…덩크! 서울기록원에서 만났던 무리다. 네 사람 모두 현실에서의 모습은 찾아볼 수 없을 정도로 젊은 모습이다.

"저… 안녕하세요? 저는 그 캐리어."

머뭇거리는 내 말에 한 남자가 반갑다는 듯 손을 건넨다. 아마도 저 사람이 내게 다가왔던 대머리 노인인 것 같다.

"아, 이리로 와요."

나는 얼결에 그의 손을 맞잡았다. 하지만 앉기 전에 확실히 해야 할 게 있었다.

"전 돈이 없어요. 정말 하나도."

여기는 30분 단위로 천 원을 내야 하는 곳이다(그 시대 가격으로 책정돼 있지만, 여기서 지폐 아이템을 사려면 꽤나 큰 비용이 든다). 지금 저들의 테이블에 놓여 있는 노란색 냄비에 끓여진 라면과 식혜, 담배는 상당히 비싼 추억 아이템일 것이다. 이곳을 즐기고 있다는 건 이들이 현실에서 꽤 살 만한 노후를 보내는 사람들이라는 증거다. 하기야 선화그룹 은퇴자들이니.

"돈은 걱정 마요. 내가 다 낼 테니까. 나는 디플입니다."

남자에 이어 다른 사람들도 잠시 만화책에서 시선을 거두고 나를 바라보았다.

"나는 말보로."

"디스."

"전 에쎄."

나도 우삼이라는 이름 말고 담배 이름을 말해야 했다. 오래된 이름이 떠올랐다. 담뱃갑에 고양이가 그려져 있어서 기억하는 거였다.

"레종입니다."

내 말에 그들은 동시에 나를 바라봤다. 뭐가 잘못됐나 싶어 설명을 덧붙였다.

"그러니까… 레종 핑크입니다."

"반칙이야! 90년대엔 90년대 담배를 피워야지!"

디플이 말했다.

디플이 일어섰고 나도 황급히 책장 쪽으로 갔다. 〈호텔 아프리카〉, 〈H2〉, 〈드래곤볼〉, 〈닥터 슬럼프〉, 〈블루〉. 나는 그중에 이은혜의 〈블루〉를 집어 그들 사이로 비집고 앉았다. 그때 디스가 냉랭한 표정으로 나를 보았다.

"너는 남자애가 〈블루〉를 보네. 취향이 좀 있네."

그때 디플이 양손 가득 뭔가를 가져와 테이블에 내려놓았다. 자세히 보니 카스라고 적힌 병과 땅콩, 마른 오징어, 초코볼이었다.

"레종 환영해요."

디플은 능숙하게 병뚜껑을 딴 맥주를 내게 건넸다. 냄새를 맡자 맥주 특유의 향이 코끝을 찔러 나도 모르게 얼굴을 찡그렸

81

다. 순간 주위가 고요해졌다. 네 사람 모두 나를 빤히 바라보았다. 디플이 놀라 물었다.

"설마… 지금 냄새 맡은 거야?"

값싼 대여 장비 중에 후각 기능이 있는 건 거의 찾아보기 어렵다. 나는 괜히 잔기침을 하는 척했다.

"그럴 리가요, 갑자기 사레가 들려서. 그리고 가끔 냄새를 맡는 척하면 정말 느껴지는 거 같기도 하고…."

내 말에 디플은 웃었지만, 디스는 내가 맥주를 마시는 모습을 한참 쳐다보았다. 나는 관심이 쏠린 지금 더 지체하지 않고 묻기로 했다.

"다들 선화그룹에 다니셨죠?"

네 사람은 모두 가볍게 고개를 끄덕였다.

"몇 년도에 다니셨어요?"

"우리는 입사 동기는 아니지만 대략 2010년 전후로 입사했어. 퇴사는 다 다르고 혹시 레종도 선화맨이야?"

"아뇨. 저는 선화맨이 너무 되고 싶었어요."

내 말에 몇몇은 안타까운 표정을 지었다.

"요즘에는 나이 든 사람들도 선화맨이 되고 싶어서 다시 취업에 뛰어든다지? 가상현실 기기만 있으면 누구라도 선화의 취업 시험을 볼 자격이 있다니. 참 좋은 세상이야."

디플의 말에 모두 고개를 끄덕였다. 이들이 바로 사람들이 말하는 '버틴 존재'들이었다. 그들에게는 여전히 버틴 자의 자부심이 있었다. 나는 이들에게 듣고 싶은 이야기가 있다. 그러니 내게 연민을 느끼게 해야 한다.

내 통장잔고를 파악하는 데는 그리 오랜 시간이 걸리지 않았다. 어쩌면 나는 이제부터 제대로 된 인생을 살게 될지도 모른다. 제대로 된 인생이 무엇인지는 사실 잘 모르지만, 내게 그건 선화그룹에 입사한 인생이다. 트레이닝 팩을 몇 번 해봤다고 이런 무모한 꿈을 꾸게 되었다.

일단 그 꿈의 발치에라도 닿으려면 적절한 링을 대여해야 했다. 부자라면 자기 집에서 고성능의 링을 설치해 참가할 수 있지만, 대부분의 사람들은 대여할 곳을 찾는다. 한 번 링에 오를 때마다 잔고가 텅텅 빌지라도 링 장과 그냥 공터는 리그에 참가했을 때 천지차이가 날 정도로 달랐다.

링 장은 편의점만큼이나 동네 곳곳에서 쉽게 볼 수 있다. 권투장과 비슷하게 생겼지만 바닥 재질은 완전히 다르다. 어느 정도 가격을 받는 링 장의 바닥은 나노 기술로 만들어져 마치 살아 있는 생명체처럼 자유자재로 움직인다. 1세대 링 장은 가상현실 기기를 끼고 몸도 따라 움직여야 했다. 가상현실 속에서 달리기를 하면 링 위에서 러닝머신을 뛰는 것처럼 말이다. 1세대 링 장에서 사람들은 각자 기기를 낀 채 사지를 움직이며 발버둥 쳤다.

그런데 무토의 등장으로 가상현실 기기의 대혁명이 일어나면서 2세대 링 장이 등장했다. 처음 2세대 링 장이 나왔을 때는 수면실 같아 보인다는 반응이 대부분이었다. 사람들은 링 위에 누워 가상현실에 접속했다. 더불어 2세대 링은 사용자가 리그 중에 발작을 일으켜 현실에서 밖으로 이탈하려 할 때 안전장치가 돼주었다.

나에게 링 장은 온갖 추억의 공간이다. 나는 수학여행도 링 장에서 갔다. 그중 가장 기억에 남는 건 산티아고 순례길로 떠난 여정이다. 가상현실에서 우리는 햇빛 아래 흙길을 걸었다. 끼니는 순례자의 식사로 주로 하몽과 거친 호밀빵, 버터, 오렌지주스를 먹었다. 현실의 나는 서빙 로봇이 가져다주는 인공 향이 가득한 밀가루 반죽을 먹었지만, 가상현실에서는 녹진한 버터의 풍미를 눈으로 보며 충분히 즐겼다. 지금도 그때의 버터를 떠올리면 입에 침이 고인다.

잠은 순례자에게 무료로 제공되는 알베르게에서 잤다. 누구보다 일찍 일어나 아직 해가 뜨지 않은 고요한 새벽 길을 걸을 때면, 나는 더 이상 무엇도 바랄 게 없는 기분이 들었다. 바다와 산, 들판을 지나며 이 길이 끝나지 않기를 여러 번 바랐다. 도착지에 서서 나는 하루만 더, 1시간만 더 중얼거리다 겨우 고글을 벗었다. 현실의 나는 햇빛도, 바람도, 바다도 없는 삭막한 링 위에 홀로 서 있었다.

그 당시 내 마음은 터질 듯한 외로움으로 가득 차 있었다. 나는 열일곱 살이었고 동생은 가출한 상태였다. 우리는 왼쪽 새끼손가락에 서로의 생존 여부를 알 수 있는 칩을 박아놓았다. 어릴 때 문방구에서 재미 삼아 넣은 칩이었다. 동생이 잘 살고 있으면 새끼손가락 끝에 초록색 별이 뜨고, 행복하면 빨간색 하트, 우울하면 파란색 눈물방울 모양이 떴다. 그때 나는 동생이 잘 살고 있는 걸 알고 있었지만, 그래도… 허전함은 어쩔 수 없었다.

그다음 해면 나는 열여덟 살이 되어 슈퍼리그에 참가할 수 있었다. 슈퍼리그에서 이기면 반드시 동생을 데려오자고, 그 링에서 마음먹었다. 하지만 서른이 되어서도 나는 여전히 슈퍼리그에 참가하기 위해 링을 찾고 있다.

집에서 나서기 전, 청소 업체에 전화를 했다. 일주일 정도 일을 하지 못할 거라고 하자 업체는 바로 해고 절차를 진행했다. 예상했던 일이다. 내 일을 대체할 사람은 어디에나 넘쳐난다. 나는 쿠에게 인사를 하고 밖으로 나왔다. 기차역 건너편에 있는 강당으로 향했다.

강당은 오래전에 폐교된 학교 건물 가운데 일부로, 이제는 학교 터에 그 건물만 남아 있다. 땅 주인들은 공터와 강당을 링 장으로 운영할 수 있도록 용도변경을 했다. 슈퍼리그가 끝나지 않는 한 사람들은 계속해서 빈 공간을 찾았고, 링 장은 제법 쏠쏠한 사업 수단이었다. 이 땅의 주인들은 아마도 사학재단 사람들로, 교육사업을 하던 때보다 지금 더 많은 수익을 올리고 있을 거다.

강당 문을 열자 사각의 링이 여러 개 보인다. 사람들은 링에서 각자의 가상현실 기기를 착용하고 잠자듯 누워 있거나, 서 있거나, 언덕처럼 올라온 나노 바닥에 기대어 있었다. 곧 허공에서 엄청나게 큰 노란색 원형의 홀로그램이 내 앞으로 다가왔다. 거대 홀로그램은 환하게 웃는 얼굴이었다.

"저는 공간 운영자입니다. 무엇을 도와드릴까요?"

"오늘부터 7월 17일까지 대여하려고요."

"선화그룹 슈퍼리그에 출전하시는군요. 하지만 대기자가 많아서용."

스마일이 몸을 뱅글뱅글 돌리며 하이 톤으로 말했다. 예상은 했다. 이 시기에 링 장에서 흔히 벌어지는 일이다. 운영자가 부르는 대로 값을 치러야 자리를 얻을 수 있다. 단도직입적으로 물었다.

"얼마를 줘야 하나요?"

스마일이 내 귀에 대고 속닥거렸다. 그동안 모아온 돈을 다 털어도 턱도 없는 숫자였다. 가로세로 1.8미터의 공간을 삼 일간 대여하는 데 캡슐집의 몇 달 치 월세에 달하는 금액을 내야 한다니. 삼 년 전에는 이 정도까진 아니었다. 최근 젊은 사람들뿐 아니라 다양한 연령층에서 슈퍼리그에 참가하는 추세라더니 높아진 수요가 피부로 와닿는 순간이었다.

"장비 대여도 합니다."

스마일이 말했다.

"장비는 있어요."

"오 그래용? 이건 비밀인데 좋은 장비를 써야지 합격률이 높아져요."

"저는 충분히 좋은 장비를 가지고 있어요."

왠지 자존심이 상해서 그런 말을 내뱉었다. 스마일의 눈동자가 반짝였다.

"장비를 볼 수 있을까용?"

어차피 대여할 돈도 없었기에 나는 머뭇거리다 가방에서 장비를 꺼냈다.

"아니! 손님! 무토를 가지고 계시네요? 그것도 스페셜 에디션! 그럼 링 장이 없으면 안 되죠! 이건 어떨까용? 손님은 링 장을 무료로 사용합니다. 대신 슈퍼리그에서 떨어지면 저희에게 그 장비를 주는 겁니다."

"네? 아무리 이 링이 비싸도 제 장비가 훨씬 가치 있을 거예요."

"근데 지금 대여료는 없으시잖아용? 다른 링 장에 가도 마찬가지일 거예요. 특히 요즘 같은 시즌에는."

스마일이 발랄한 목소리로 말했다.

"만약… 내가 이기면요?"

스마일은 눈을 크게 뜨고는 나를 바라보았다. 버그에 걸린 것처럼 아무런 움직임이 없었다. 그럴 가능성은 아예 없다고 보는 거겠지.

"손님이 여기서 1차와 2차를 통과하고 만약에라도 3차까지 간다면, 대여료의 열 배에 달하는 금액을 드립니다. 저희 규정이 그렇게 되어 있어용."

흔한 전략이다. 숱하게 떨어져도 이번엔 당신이 그 행운의 주인공이 될지도 모른다는 기대감을 부추기는 심리전. 나도 머릿속으로 금액을 계산했다. 열 배면 거의 삼 년치 월세에 달하는 금액이었다. 기기를 빼앗길 수 있다는 가능성에도 내게는 당장 필요한 돈이었다. 지금도 링에는 꽤 많은 중장년들이 보인다. 사람들은 계속 리그에 도전한다. 취업을 위해서든, 무언가를 준비한다는 과정이 필요해서든, 이게 아니면 다른 방법이 없는 상황은 모두 똑같다. 손해를 감안하더라도 어떤 방법으로라도 리그에서 이겨야만 한다.

만약에라도 이 링 장에서 슈퍼리그를 통과하는 사람이 나오면 여기는 전설이 될 것이다. 그 전설이 나라면… 순간 그런 가정을 하는 스스로에게 흠칫 놀랐다. 나에게 꿈이란 낯선 것, 멀리 있는 것, 그렇게 단어로만 존재하는 것이었다. 그동안 공공기관의 무료 가상현실 체험을 통해 수많은 타인이 되어보았다. 대통령이 되어 기후 문제를 다루는 국제 토론에 참여하거나, 사람이 아닌 곰이나 나무늘보가 돼 늘어지게 누워 있기도 했지만… 정작 나 자신만큼은 돼보지 못했다. 하지만 처음으로 내가 나로 살아볼 수 있을지 모른다는 예감이 들었다.

"할게요."

스마일의 입꼬리가 눈가 근처까지 올라가더니 곧 입을 벌려 긴 혀를 내밀었다. 나는 그 혀에 검지를 내밀었다. 내 신분이 인증되자 스마일이 다시 입을 작게 오므렸다.

"서만주 님! 1번 링으로 모시겠습니다. 지금부터 삼 일간 마음껏 사용하세용! 행운을 빕니다."

나는 구석에 마련된 간이 탈의실로 가 슈트를 입었다. 그리고 1번 링 위에 섰다. 발바닥에서부터 뱀이 지나가는 듯이 사르르 하는 움직임이 느껴졌다. 내가 갑작스러운 발작을 일으켜 혹여나 링 바깥으로 넘어가려 해도, 아마 바닥이 나를 멈춰 세우거나 내 동작에 맞게 끝없이 움직여줄 것이다. 나는 고글을 꽉 조여 매고 눈앞에 떠 있는 공 모양을 건드렸다.


어둔 밤, 택시가 서 있고 우삼이 나무를 던져 모닥불을 키우며 담배를 태우고 있다.

"사막 한가운데서 나무는 어떻게 구해요?"

"저 트렁크 안에서 필요한 게 다 나옵니다. 마법의 모자처럼."

우삼이 내게 담요를 건넸다. 사막의 밤은 입김이 날 만큼 추웠다. 나는 담요를 뒤집어쓰고 모닥불 앞에 앉았다.

"현실에서 현관문을 열려고 했어요."

"저쪽 세계에서 몸이 저항했군요. 만주 군, 잘 들어요. 1차는 바로 그걸 테스트하는 단계입니다. 가상세계가 현실에 가까울수록, 그 세계에서 극한의 경험을 할수록 현실의 몸은 저항을 하게 됩니다. 어떻게 보면 자연스러운 일이죠. 어라, 내 몸은 여기에 있는데 이 고통은 뭐지? 현실의 몸이 기어코 눈치를 채는 거예요. 마치 악몽을 꾸다가 벌떡 일어나는 것처럼."

"그럼 가상현실에서의 고통이 커지면 현실의 내가 죽거나 다칠 수도 있나요?"

우삼은 내 물음에는 대답하지 않았다.

"그러니까 가상현실에서의 네가 어디까지 견딜 수 있는가, 그걸 보는 겁니다. 천사와 인간의 경계를 테스트하는 거죠."

"토네이도에 들어가자마자 정신을 못 차리겠더라고요."

"그 순간에도 현실에서의 만주 군이 아무 움직임 없이

평온하게 있을 수 있다면 성공했다고 보면 됩니다. 다시 시작해볼까요?"

바로요? 조금만 더… 하며 내가 주춤거리자, 우삼이 내 어깨에 손을 얹혔다.

"그럼 우선 차에 타요."

조수석에 앉자 차 문이 잠겼다. 그러더니 서서히 택시가 허공으로 올랐고, 우삼과 나는 안전벨트를 했음에도 머리가 천장에 닿을 만큼 몸이 떴다. 곧 차가 뱅글뱅글 돌기 시작했다. 도는 것으로도 모자라 위아래로 사정없이 흔들렸다. 차체 여기저기에 온몸이 부딪혔다. 나는 순간적으로 머리를 감쌌다.

"아니, 이게 뭐예요!"

눈앞으로 언뜻 우삼의 묘한 미소가 보이는 듯했는데, 순간 강한 회전으로 운전대에 머리를 부딪혔다.

현실이다. 나는 바로 고글을 뺐다. 링 바닥에는 진흙으로 빚어진 듯한 (나노) 손이 올라와 내 두 발목을 붙잡고 있다. 운전대에 머리가 부딪혀 기절함과 동시에 현실의 내가 링 밖으로 튀어 나가려고 했던 거다. 기절을 죽음의 징조로 받아들였던 걸까. 겨우 그 정도에? 현실로 돌아왔다고 그새 아쉬워하는 스스로가 웃겼다. 실제 사막의 토네이도도 아니고 택시로 구현한 가상이었는데…. 이 정도에 나가떨어지면 실전에서는 말할 것도 없다.

1차까지 딱 하루가 남았다. 너무 아쉬웠다. 우삼은, 그러니까 마더하우스의 우삼은 내게 끊임없이 신호를 줬던 거다. 슈퍼리그가 다가오고 있다고. 내가 청소 일을 하지 않고 쭉 마더하우스에 머물면서 우삼을 주시했더라면. 조금만 더 빨리 홀로그램 자판을 허공에 띄웠더라면. 나에게 더 긴 시간이 생겼을 거다. 아쉽다.

그보다 무토를 사용하고도 1차에 합격하지 못하면… 그건 나라는 사람은 영원히 성공 같은 건 꿈도 꾸지 말아야 하는 존재라고 스스로에게 낙인찍어버리는 거였다. 두려웠다. 토네이도는 가상일 뿐이라고, 링 위에 있는 한 위험한 상황은 없을 거라고 되뇌었지만 몸이 계속 떨렸다. 나는 바닥에 누웠다. 우삼이 날 기다리고 있겠지, 생각하면서도 다시 고글을 쓸 자신이 없었다. 5분만… 딱 5분만 쉬자.

깜짝 놀라 눈을 떴다. 슈트 손목에 뜬 시간을 보자 어느새 새벽이었다. 그런데 근처에 벗어 놓은 고글이 링 가장자리에 가 있다. 나는 서둘러 고글을 집어 주위를 둘러보았다. 링마다 트레이닝에 빠져 있는 사람들과 쪽잠을 자는 사람들이 보였다. 그때 멀찍이서 낯익은 목소리가 들렸다.

"형제님?"

링 아래를 내려다보자 한 사람이 서 있다. 나는 그를 단번에 알아보지 못했다. 민트색 추리닝을 입고 머리를 올백으로 묶은 사람은 수산나였다.

"아니, 왜 수녀님이…."

전혀 예상치 못한 인물의 등장이었다.

"아! 깰 때까지 기다렸어요."

"아… 그런데 여긴 왜?"

"저 여기 단골이에요. 매년 와요. 마더하우스에서 가깝잖아요."

"매년이라면, 슈퍼리그 때문에요?"

수산나가 고개를 끄덕였다.

"저 형제님 링에 올라가도 되나요?"

내가 고개를 끄덕이자 그는 단번에 링으로 올라왔다. 우리는 가부좌를 틀고 마주 앉았다. 마더하우스에서 봤을 때보다 수산나는 훨씬 어려 보였다. 동생 또래 정도일까. 그때 수산나가 내 손에 있는 고글을 가리켰다.

"그거 좋아 보이네요."

나는 어깨를 두어 번 으쓱해 보이고는 아무 말도 하지 않았다.

"무토를 가지고 있을 정도라, 마더하우스에서 봉사도 할 수 있는 건가?"

약간 비아냥거리는 듯한 그의 말에 나도 모르게 조금 큰 소리가 나왔다.

"그럼 수녀님은 리그러인가요?"

"왜요, 저는 취업이 필요 없어 보이나요?"

놀라지도 않고 대답하는 모습에 도리어 당황한 쪽은 나였다.

"그렇지 않나요? 마더하우스에서도 알아요?"

수산나는 그저 가볍게 웃었다.

"제가 리그에 참여한다고 광고를 하는 건 아니지만 아실 분은 아시겠죠. 노수녀님들 중에는 응원하는 분도 계세요. 누가 평생 수녀로 살아요? 요즘 같은 세상에."

사실 그의 말에 반박할 구석은 없었다. 슈퍼리그는 자격 요건대로 누구나 참가할 수 있는 거니까. 내가 아무 말도 않자 수산나가 먼저 입을 열었다.

"쿠는 잘 있어요? 버리진 않았죠?"

"버리다뇨? 그럴 일 없습니다."

"혹시 지금 트레이닝 팩 써요?"

갑자기 들어온 질문에 나도 모르게 네, 하고 말해버렸다. 말려든 것 같은 기분이다.

"그것도 엄청 비싼 팩인가?"

"아뇨, 평범해요."

확실히 불편한 관심이었다.

"그래요? 고급 트레이닝 팩은 아니고요?"

"뭐가 궁금하세요? 수녀님?"

내 목소리가 커지자 그가 주위를 둘러보며 입 가까이로 검지를 가져다 댔다.

"그 무토 가까이서 봤어요. 아까 형제님이 잠들어 있을 때."

"뭐라고요?"

내가 더 뭐라고 하기도 전에 그가 자리에서 일어났다.

"저는 오 년째 같은 곳에 멈춰 있어요. 2차에서요."

수산나는 마치 네가 어디까지 가봤는지 다 알고 있다는 얼굴이었다.

"그래서요?"

"조심하라고요. 그 토네이도."

그는 내가 입은 슈트와 고글을 뚫어지게 쳐다보다 아래로 내려갔다. 도대체 언제부터 나를 보고 있던 걸까. 나는 그가 링 장 밖으로 나가는 것을 확인하고 나서야 다시 고글을 썼다.


"바로 안 돌아왔네요?"

우삼의 목소리가 반가운 만큼 초조한 마음이 앞섰다.

"조금 더 빨리 만났더라면…. 무토까지 있는데 떨어지면… 저는 어떻게 해도 안 되는 사람인 거겠죠."

95

쓸쓸함을 감출 수가 없었다. 우삼이 가만히 내 얼굴을 들여다보았다.

"만주 군, 시간은 누구에게나 똑같이 주어지고 누구에게나 부족해요. 완벽하게 준비된 때는 앞으로도 없을 거예요."

"그래도…."

"내년에도 무토를 쓸 수 있다고 생각해요?"

우삼은 내 상황을 정확히 꿰뚫고 있었다. 이번에 실패하면 링 장에 기기를 반납해야 한다. 그렇다면 내일 열리는 리그가 내게는 다시없을 기회인 것이다. 나는 무토를 가졌다는 이유만으로 너무 많은 가능성을 꿈꾸고 있었다. 가슴이 갑갑해졌다. 마더하우스의 우삼은 왜 하필 나에게 이 기기를 준 걸까.

"만주 군, 할 수 있습니다."

"아무래도 지금 바로 훈련에 들어가야 할 것 같아요."

"적용할 수 있을지 모르겠지만, 토네이도에 들어가는 순간 몸을 최대한 둥글게 말아요. 가장 저항을 덜 받을 수 있는 방법이에요. 그리고 눈을 감고 호흡에 집중해요. 절대 숨을 놓치면 안 됩니다. 계속 버티다 보면 고요가 찾아옵니다."

나도 모르게 고개를 흔들었다. 지금까지 경험한 건 토네이도의 초입에 불과했다. 더 깊은 안쪽으로 들어가야만 한다. 내 표정을 본 우삼이 다독이듯 말했다.

"성공할 필요 없어요."

"네?"

"기절만 안 하면 돼요."

절대 숨을 놓치면 안 된다는 우삼의 말이 과장이 아니라는 건 알고 있다. 리그 중에 가장 위험한 건 정신을 잃는 거다. 가상현실에서 기절하면 바로 로그아웃이다. 하지만 기절만 하지 않으면 기회는 다시 온다.

불어오는 바람이 달라져 왼쪽을 보자 저 멀리서 토네이도가 오고 있다. 나는 우삼을 한 번 바라보고는 달걀처럼 몸을 말 준비를 했다. 순식간에 다가온 토네이도는 나를 빨아들였다. 몸은 말기도 전에 활처럼 펴졌다. 역시 기절. 로그아웃.

기절하고 로그아웃하기를 얼마나 반복했을까. 현실의 링 장과 사막을 수차례 이동했다. 그나마 다행인 건 그 사이 토네이도에 대한 두려움이 점점 줄어들었다. 그 과정을 통해 죽지 않는다는 감각을 몸에 새겼다. 로그아웃되어 리그에서 실격하는 게 어떤 면에서는 죽음과도 같았지만… 그래도 물리적 죽음은 아니라는 일말의 안도감이 생겼다.

우삼이 손목을 가리키며 시간이 다 되었음을 알려주었다. 나는 마지막이라는 생각으로 우삼에게 '한번 더'를 외쳤다. 그 순간 다가오는 토네이도의 움직임이 슬로모션이 걸린 듯 선명하게 보였다. 뭘까. 토네이도의 속도가 느려진 건 아닐 텐데. 내 몸은 전과 같이 그 안으로 빨려 들어갔다. 그런데 이번에는 토네이도가 나에게 말을 거는 느낌이었다. 나는 있는 힘껏 몸을 구부렸다.

1, 2, 3, 4… 다시 튕겨져 나왔다. 그런데 이번에 눈을 떴을 땐 링 장이 아닌 사막이었다. 기절하지 않았다! 모랫바닥에서 겨우 몸을 일으키는데 우삼이 손을 내밀었다.

"여기서 끝이 아닙니다."

"네?"

"대부분이 모르는 가장 중요한 파트가 있어요. 실전에서는 기다리면 소년 천사가 돌아올 거예요. 아주 귀한 이야기를 전승해줄 겁니다."

나는 우삼의 손을 맞잡고 천천히 일어났다.

"1차 트레이닝은 여기까지입니다."

토네이도가 지나간 자리에서 어느새 태양이 타올랐다.

"2차 트레이닝에서 뵈어요."

"다녀와요. 또 봅시다."

나는 우삼을 향해 '담배 너무 많이 피지 마시고'라고 말하려다가 관뒀다. 우삼에게 그거 말고 다른 낙이 있을까.

"만약에… 2차 트레이닝을 하게 되면 그땐 사부라고 불러도 돼요?"

우삼이 머리를 긁적이다 작게 고개를 끄덕였다. 나는 고개인사를 하고는 고글을 벗었다.

아무리 무토가 가볍다 해도 장시간 착용하니 얼굴 근육이 뻐근했다. 어느새 아침이었다. 앞으로 1시간 후면 1차 리그가 시작된다. 나는 슈트를 반쯤 벗고 링 바닥에 누웠다. 호흡을 가다듬고 있는 사이 1미터 높이의 미니 냉장고가 링 아래 와 있었다. 고물상에서 구입해 대충 팔과 바퀴만 단 모습이었다. 주인이 얼마나 비용을 아끼며 돈을 버는지 짐작이 되었다.

"서만주 님, 물 드실래요?"

냉장고 로봇은 삐걱거리는 팔을 부산스럽게 움직여 내게 물병을 건넸다.

"식사는 하실 건가요?"

배가 고팠지만 그보다 잠깐이라도 잠을 자두고 싶었다. 나는 고개를 저었다. 링에 누워 몇 차례 뒤척이자 바닥이 내 몸에 맞게 모양을 바꾸었다. 꼭 푹신한 침대에 누운 느낌이었다. 눈을 감고 지금까지 트레이닝한 것들을 하나둘 복기하는데 점점 생각이 희미해졌다.

알람 진동에 황급히 눈을 뜨자 링마다 몸을 풀고 있는 사람들이 보였다. 멀지 않은 곳에 수산나도 보였다. 그는 링 주변에 꼼꼼히 성수를 뿌리고 있었다. 곧 시작이라는 생각에 불쑥 긴장감이 일었다. 나는 머리를 세차게 흔들었다. 다시 슈트를 제대로 챙겨 입고 호흡을 가다듬었다.

10에서부터 1까지, 다시 1에서부터 10까지 왔다 갔다 하며 반복적으로 숨을 내쉬었다. 부산스럽게 흩날리던 마음이 서서히 단전 쪽으로 묵직하게 내려앉는 느낌이 들 때쯤 큰 소리가 울려 퍼졌다.

"슈퍼리그 시작까지 5분 남았습니다."

거대한 스마일이 허공에서 호루라기를 물고 있었다. 링 바닥은 몸을 푸는 듯 작은 물결을 만들어냈다. 나는 그 흐름에 맞춰 제자리걸음을 하며 깊게 숨을 들이마셨다. 고글을 쓰자 밀폐감과 함께 일순간 현실이 차단된다. 눈앞에는 각서라 적힌 종이 한 장만 나타난다.

각서는 끝을 알 수 없을 정도로 길다. 나는 한참 스크롤을 내려 하단의 서명 칸을 확대한다. 리그에 앞서 매번 모든 내용을 꼼꼼하게 살필 순 없지만, 대략 어떤 부상이나 사고가 일어나도 모두 본인이 책임진다는 거였다. 나는 천천히 사인을 한다. 그러자 문서가 사라지고 문이 보인다. 문에는 천사의 날개 모양이 새겨져 있다. 익숙하면서도 낯선 문이다.

나는 이전에도 여러 번 저 문으로 들어가 결국엔 패배하고 나왔다. 하지만 이번엔 다를 것이다. 나는 문고리를 잡아 돌렸다.

숲에는 키가 큰 나무들이 빽빽하게 들어차 있다. 고개를 올려다보니 나뭇가지 사이로 하늘이 보인다. 바닥은 질척거리는 진흙이다. 언제나처럼 이 구간에서 나는 소년이다. 주위를 둘러본다. 나와 똑같은 모습의 소년소녀들이 우르르 숲속으로 쏟아지듯 들어가고 있다. 전 세계에서 실시간으로 접속한 참가자들이 막 플레이를 시작했다. 참가자들마다 미세하게 움직임이 달랐다. 전에는 보이지 않았던 발견이다. 후각과 청각 신호를 받지 못해 앞만 보고 달리는 부류, 행동이 느리고 동작이 끊겨 둔탁하게 움직이는 부류 등 제각기 사용하는 기기에 따라 움직임이 달랐다.

곧 비가 내리고 부족의 남자들이 하나둘 나타나 나를 둘러싼다. 전에는 부족 남자의 말이 끝날 때까지 기다렸지만 이제는 아니다. 나는 가까이 선 부족 남자의 허리춤에서 바로 단검을 빼내고 서둘러 그 무리를 빠져나왔다.

맨발로 빠르게 달린다. 빗소리 사이로 들리던 곤충과 동물의 소리가 음소거된 듯 사라졌고, 발밑으로 지나다니던 청개구리와 왕뱀 등이 보이지 않았다. 나무들 사이로 존재감을 드러내던 코끼리와 악어도 없었다. 서서히 속도를 낮춰 주변을 살피는데 갑자기 사방에 잔나뭇가지가 후

드득 떨어지더니 쿵, 하고 벼락 같은 소리가 땅을 찢을 듯울려 퍼졌다. 그제야 멀지 않은 곳에서 수십 그루의 나무가 뿌리째 뽑히는 광경이 보였다. 토네이도였다.

순서가 바뀌었다! 내가 리그에 참여하지 않은 몇 년 사이 당연히 변화가 있었을 거다. 그렇다 해도 트레이닝 때분명 우삼이 사막의 토네이도라고 했는데. 생각보다 이른만남에 대비할 새도 없이 토네이도는 빠르게 내 쪽으로다가왔다. 나는 긴장감에 애꿎은 진흙 바닥만 발로 내리치다 최대한 몸을 둥글게 말았다.

'기절만 하지 마. 자동 로그아웃만 피하자.'

일순간 강력한 압력이 순식간에 내 몸을 덮쳤다. 아무리 몸에 힘을 주려고 해도 소용이 없었다. 나는 사지가 찢길지언정 정신만 사수하자고 되뇌며 미친 듯이 버티기 시작했다. 엄청난 강풍에 눈을 뜰 수도, 감을 수도 없는 상황이 계속되었다. 눈앞으로 빠른 속도로 휘몰아치는 나무잔해들과 살았는지 죽었는지 알 수 없는 동물과 곤충 들이 스쳐 지나갔다. 그 소용돌이 속에서 내 몸은 나뭇가지에 찔리고, 긴 뱀과 알 수 없는 꼬리가 목에 감기고, 얼굴에는 왕거미가 들러붙었다.

그때 엄청나게 큰 바위가 내 몸통을 가격했다. 통증을느끼기도 전에 의식이 사라지려 했다. 이대로 끝나는 건가, 정신이 흐려지는데 갑자기 모든 움직임이 멈췄다. 토네이도가 나를 뱉어내기라도 한 듯 순식간에 암흑과 정적 속에 놓였다. 갑작스러운 변화에 몸과 정신이 모두 내 것처럼 느껴지지 않았다.

정신을 차렸을 때 나는 눈을 감은 채로 누워 있었다. 눈을 떴을 때 익숙한 링 장이 보일까 두려웠다. 나는 떠지려는 눈을 질끈 감았다. 등 뒤로 따끔따끔한 지열이 느껴져 바닥을 더듬자 손가락 사이로 흩어지는 모래알이 느껴졌다. 나는 주먹으로 모래를 꽉 움켜쥐었다. 로그아웃되지 않았다. 천천히 눈을 뜨자 주변 풍경이 기이했다. 숲과 사막의 경계 지점이었다. 지체할 시간이 없었다. 나는 자리에서 일어났다.

걷고 걷고 또 걸어야만 하는 그 마의 구간이다. 그때 이글거리는 열기 속에 기다리던 냄새가 느껴졌다. 나는 걸음을 멈추고 주위를 둘러봤다. 저 멀리 하얀 날개 한 짝이 반짝인다. 서둘러 그쪽으로 달려갔지만 날개는 환영인 듯 사라졌다. 그때 옆쪽으로 다시 날개가 보였다. 걸음을 옮기는데 날개는 다시 연기처럼 사라졌다.

신기루였다. 얼마나 신기루를 쫓았을까. 정수리가 타는 듯이 뜨거웠다. 차라리 이대로 녹아 사라질 수만 있다면. 나는 없는 침을 모아 꿀꺽 삼켜본다. 입안과 목구멍이 타들어가는 느낌에 동물의 노폐물이라도 보인다면 삼키고 싶었다. 당장이라도 로그아웃해서 차디찬 물속으로 들어가고 싶었다. 정신이 매몰되는 구간이다. 어느새 나는 간절히 로그아웃만을 바라는 상태가 된다. 정신이 흐려지고 다리에 힘이 풀려 그대로 주저앉는다.

모든 것을 포기하려는 순간 근방에서 강하게 탄 냄새가 풍겨온다. 나는 반사적으로 몸을 일으켜 세운다. 정오의 태양이 내 발걸음을 방해하듯 더욱 강하게 내리쬔다. 모래사막 위로 내 그림자가 따라붙는다. 태양이 가장 높을 때 그림자도 가장 짙다. 나는 환청인지 내가 한 말인지 모를 음성에 기대 걸음을 뗀다. 또 신기루일까. 저편에서 내 그림자보다 짧은 또 하나의 그림자가 보인다.

나는 힘겹게 다리를 움직였다. 그쪽으로 가까이 갈수록 탄 냄새가 더 강하게 풍겼고, 드디어 내 앞에 사라지지 않는 하얀 날개가… 있다. 나는 두 손으로 덥석 날개를 잡았다. 그때부터 미친 듯이 모래를 파기 시작했다. 손가락이 부러진대도 상관없었다. 여기서, 이 구간에서 나갈 수만 있다면. 손가락 끝에 무언가 뭉툭한 것이 걸렸다. 살살 모래를 걷어내자 소년의 얼굴이 나왔다.

나는 서둘러 소년을 밖으로 꺼냈다. 그러고는 박혀 있던 날개를 뽑아 그대로 단검으로 잘랐다. 반으로 자른 두 날개를 소년의 양 날갯죽지에 붙였다. 어느새 탄내는 사라지고 양 날개가 조금씩 움직이더니 마침내 소년이 눈을 떴다. 그 순간 나는 소년이 아닌 양복 차림의 서만주로 변했다.

"고마워요."

날개를 펄럭여 허공에 뜬 소년이 말했다. 나는 겨우 고개를 끄덕였다. 서 있을 힘도 없을 만큼 정신이 혼미했고 결국 그 자리에 털썩 주저앉았다. 뜨겁던 모래 열기가 급속도로 식어갔다. 여기서 기다리면 저 소년이 천사가 돼 올 것이다.

밤이 되고, 현실에서는 보기 힘든 쏟아질 듯한 별들이 보였다. 열기는 이내 건조한 추위로 바뀌었다. 엔딩 크레 덧이 끝나면, 중요한 예고가 나오는 것처럼 소년 천사가 올 거라고 믿었다. 사막의 추위에 온몸이 덜덜 떨릴 즈음, 허공에서 소년 천사가 날아왔다.

"아직도 여기 계시는군요."

천사가 허공에서 사뿐히 땅으로 내려왔다.

"기다렸어요."

천사는 내 앞에 쭈그려 앉더니 내 발목과 손목에 작은 날개를 달아줬다. 내 몸이 서서히 허공에 떴다. 날개들이 나를 위로 끌어 올렸다. 허공에서 스케이트보드를 탄다고 상상하며 비틀거리는 몸에 중심을 잡았다. 날개들은 내 몸을 딱 내 키만큼만 공중에 띄웠다. 나는 그 상태로 저공 비행하며 천사를 따라갔다. 모래 언덕을 몇 개 넘자 잿더미 같은 사막 위로 푸른빛의 오아시스가 보였다. 우리는 오아시스 가까이로 가 착륙했다.

마치 정지해 있는 듯 보이는 오아시스의 표면을 바라보았다. 작은 물결조차 없는, 수심을 파악할 수 없을 정도로 투명한 수면에는 오직 사막의 달과 별만 비쳐 있을 뿐이었다.

"기억해둬요. 다시 오게 될 거예요."

"여기로요?"

"네, 오아시스 안이 3차 리그의 장소입니다."

"물속이요?"

"네."

나는 순간적으로 한두 발자국 뒤로 물러섰다. 물은 지나치게 투명했다.

"얼마나 깊나요?"

"모르겠어요. 아주 깊겠죠. 우리가 상상하는 것보다 어쩌면 더 깊을 수도."

나는 용기를 내 오아시스 표면에 손가락을 대보았다. 정말 물의 질감이었다. 나는 무의식적으로 손가락에 묻은 물을 입으로 가져갔다. 뭐든지 입에 넣는 현실의 습관은 가상현실에서도 마찬가지구나. 오아시스의 물에서 짠 내가 났다. 미간을 찌푸린 내 표정을 천사가 흥미롭다는 듯 바라봤다.

"이 오아시스는 불타는 사막에서만 나타나요. 길고 끝

없는 불이 날 때 숲조차 사막이 되고, 신이 더 이상 인류에게 마실 물을 허락하지 않을 때 이곳이 인간들에게 유일한 물이 될 겁니다. 천사의 눈물로 만들어진 오아시스만이.”

소년의 말에 문득 선화그룹이 오래전부터 물 사업에 주력하고 있다는 게 떠올랐다.

“그럼 이 오아시스가 천사의 눈물로 만들어진 건가요?”

“저 아래 어마어마하게 많은 천사들이 눈물을 흘리고 있어요. 인간들의 마지막 시대에 물을 주기 위해서.”

“얼마나 눈물을 흘리기에 이런 오아시스가 만들어지는 건가요….”

“직접 보면 알게 될 겁니다. 꼭 2차에서 황금 열쇠를 찾아 여기로 와요.”

내게는 모든 말이 난해하기만 했다.

“그럼 3차에서는 뭘 하는 거죠?”

“나를 찾아요. 오아시스 바닥까지 내려와서.”

“네?”

“그다음 내 날개를 잘라요. 그리고 당신의 양 날갯죽지에 붙여요. 그럼 당신도 천사가 될 겁니다. 나처럼.”

애써 붙여준 걸 다시 자르라니.

“또 질문이 있나요?”

“저기, 천사들이 계속 울면 힘들지 않아요?”

"그들이 울음을 멈추면 오아시스는 점점 말라갈 거예요."

그 말을 끝으로 천사는 오아시스 앞으로 다가가 단번에 몸을 던졌다. 그때 내 눈앞의 시야가 서서히 흐려지더니 천사의 날개가 새겨진 문이 나타났다. 나는 탈출구를 찾는 사람처럼 재빨리 문고리를 잡아당겼다.

암흑 속에서 남자의 목소리가 울려 퍼졌다.

"서만주 씨 1차를 합격했습니다. 2차는 이틀 후 오전 10시에 시작됩니다."

가브리엘의 목소리였다. 나는 고글을 벗었다.

### 2059년 2월 9일(레트로90에 자동 저장된 기록)

홍대 골목 구석에 위치한 1층 바에 들어가자 어둑한 내부에 담배 연기가 자욱했다. 빔 프로젝트에서 나오는 영상이 한쪽 벽면을 크게 차지하고 있었다. 원탁 주변에 둘러앉은 사람들은 병맥주를 앞에 두고 대부분 스크린을 바라보았다.

"나는 신촌으로 갔어. 96년까진 그랬지. 그때가 중학생이었는데 거기서 재수생이랑 어울려가지고⋯."

디플은 말을 하다가도 중간중간 바에서 나오는 노래가 바뀔 때마다 이 노래 정말 좋지 않냐고 내 팔을 툭툭 쳤다.

"한국 기업에서 무토가 나온 건 기적이야. 난 사장이 계시를 받았다고 생각해. 그게 아니라면 무토를 만들 수 있었을까? 그게 가상현실 기기의 패러다임을 바꿨지. 천사가 천상과 지상을 마음껏 오가는 것처럼 현실과 가상세계를 오가는 기기를 만들겠다고 하더니⋯ 실제로 그렇게 되다니. 아무튼 난 사장이 천사와 접촉하면서 기술적인 아이디어를 얻었다는 말에 한 표야."

"무토의 초기 아이디어는 우리가 다닐 때도 소문으로 돌았는데. 그땐 다들 사장이 미친 소릴 한다고 했지."

그러다 그들은 어느 순간부터 90년대 홍대 인디 신에 대해 이야기했다. 드럭, 마스터 플랜, 클럽 데이, 음악 잡지 서브, 커트 코베인의 추모공연, 싸이월드 등이 중요한 역사적 사건이라도 되는 것처럼 떠들어댔다.

자우림 공연 영상이 끝나고 우리는 밖으로 나와 홍대 캠퍼스 쪽으로 걸었다. 아직 열려 있는 작은 마트에서 디플이 캔음료와 맥주를 사왔다. 우리는 캠퍼스 잔디밭에 누워 맥주를 들이켰다. 나도 그들 곁에 누웠다. 이곳 하늘에는 별이 많지만 별 감흥은 없었다.

"우리는 죽으면 어떻게 될까?"

젊은 몸을 한 디플이 혼잣말을 내뱉었다.

"별독수리에게 시체를 먹히는 것도 나쁜 거 같진 않아, 난."

에쎄가 긴 머리카락을 쓸어 넘기며 말했다.

"요즘엔 가난해서가 아니라 부자들 중에도 별독수리에게 먹히는 장례가 좋다고 보는 사람들이 많대.”

나는 바로 지금이 내가 궁금한 걸 물어볼 기회라는 생각이 들었다.

“선화그룹 다닐 때 말이야. 천사에 대해 더 들은 건 없어?”

내 말에 디스가 대답했다.

“천사라… 오타쿠 사장 얘기하는 거야? 그 사장이 지금의 선화그룹을 만들었다 해도 과언은 아니지.”

반도체나 스마트폰, 건설업으로 기업을 유지하던 선화그룹은 가상현실과 인공지능 그리고 로봇 분야에 뛰어들면서부터 세계 최고의 기업으로 성장하기 시작했다.

“사장은 생산이란 결국 시스템을 만드는 거라고 했어. 기획실에서 적어준 말을 앵무새처럼 떠드는 사람인 줄 알았는데…. 처음엔 마약 이슈에 공공자금 횡령에, 서열에서 물러나네 마네 했던 사람이 갑자기 그렇게 똑똑해질 줄은 아무도 몰랐을 거야. 정말 이상한 일이었지.”

디스의 말에 누워서 밤하늘을 보던 에쎄가 벌떡 일어나 덧붙였다.

“맞아. 좀 갑작스럽긴 했어. 사람이 그렇게 한순간에 바뀐다는 게. 무슨 계시를 받았다는 소문도 있었고 그즈음부터 천사 오타쿠라는 말이 나왔지. 회사 브랜드에도 천사 날개 문양을 사방에 박아놓고. 내가 디자인 팀이라서 엄청 애먹었다고.”

기다렸다는 듯이 디플도 일어나 앉았다.

"근데 사장이 원래 그쪽으로 관심이 많았대. 영적인 부분이라고 해야 하나? 그래서 위에서는 정신과에도 보내고 나름 관리를 빡세게 했다고 해. 비자금 수사로 구치소에 있을 때도 종교 서적을 그렇게 읽었대. 사식도 마다하고."

가만히 이야기를 듣고 있던 말보로가 옆으로 돌아누우며 입을 열었다.

"아무튼 사장이 희한한 사람인 건 확실해. 기후 문제 해결한다고 전용기 타고 세계 구석구석을 돌아다니기 시작하더니. 기후 변화로 터전을 잃은 별별 소수 부족을 다 만나고 다녔었잖아. 그러다가… 죽어서 천사가 된다고 믿는 사막의 부족을 만났다고. 그런데 그 부족이 죽어서만이 아니라 산 사람도 천사가 될 수 있는 방법을 알고 있었대."

나는 그들이 더 입을 열 수 있게 추임새를 넣었다.

"혹시 아주 허무맹랑한 소문이라도 괜찮으니 더 이야기해줄 수 있어?"

에쎄가 기다렸다는 듯 말을 이었다.

"그 부족의 의례를 따르면 살아 있는 사람도 천사가 될 수 있다는 거야. 그 의례 과정을 현실에서 그대로 재현할 수는 없겠지. 하지만 가상현실에서는 뭐든 재현할 수 있잖아. 만약 어떤 인간이 정말 가상현실에서 그 의례를 완전히 통과했다면?"

나는 다음 이야기를 빨리해달라고 안달 난 아이처럼 반응했다.

"사장이 그 의례 방법을 선화의 슈퍼리그 속에 적용한 거야…? 그럼 슈퍼리그에 통과한 사람은 부족의 의례를 통과한 거나 마찬가지겠네. 와! 사장은 진짜 진짜 대단한 사람이구나."

"근데 레종은 사장 이야기에 관심이 많나 봐."

# 2차

나는 링에서 내려와 미니 냉장고에게 손을 내밀었다. 건네받은 물병을 순식간에 비웠다. 목을 축이고 나서야 온몸이 끈적거리는 게 느껴졌다. 나는 간이 칸막이로 가 슈트를 벗었다. 땀 냄새가 엄청 났다. 가방에 슈트와 고글을 넣고 나서려는데 등에 축축한 느낌이 들었다. 수산나가 내 등에 성수를 뿌리고 있었다.

"뭐 하시는 거예요?"

"합격 기원 그리고 악귀를 물리치려고."

"악귀요?"

"지금 1차 합격하고 가는 길이잖아요. 그러니 2차를 기원해야죠."

어떻게 알았냐는 내 표정에 수산나가 별거 아니라는 듯

손에 묻은 물기를 털어냈다.

"링에서 내려올 때 표정을 보면 다 알아요."

수산나가 막히는 지점은 2차라고 했으니 그도 막 1차를 넘어왔을 거다. 리그에서 빠져나온 뒤라 그럴까. 수산나도 그 구간을 넘었다고 생각하니 나도 모르게 불쑥 동지애 같은 것이 생겼다.

"토네이도가 원래 숲에서 나오는 건가요?"

"매번 그런 건 아니지만 작년에도 거기서 나왔어요."

수산나는 의외로 친절하게 이야기해줬다.

"현실에서도 가상현실에서도 두 번 다시 만나고 싶지 않네요. 토네이도 같은 건."

혼잣말 같은 내 말에 그가 피식 웃었다.

"혹시 신기루도 단골 소재인가요?"

"아! 그건 작년에 없었어요. 나도 완전 헷갈렸다니까요."

"진짜 탈진 직전이었어요."

나와 수산나는 어느새 마주 보며 웃고 있었다. 문득 주위를 둘러보니 링에서 내려온 사람들이 보였다. 우리처럼 대화를 나누는 사람도, 멍하니 바닥에 주저앉은 사람도, 눈물을 흘리며 발버둥 치는 사람도 보였다. 나도 알 수 있었다. 누가 떨어졌고 누가 이겼는지를.

"형제님 장비로 하면 현실하고 거의 차이가 없죠?"

"그렇긴 한데 그게 더 좋은 건지는 모르겠네요."

무토 이야기에 나도 모르게 가방을 쥔 손에 힘이 들어갔다.

"그래도 배는 안 불러요. 아무리 먹어도."

나는 괜히 딴소리를 했다. 수산나도 내 기색을 느꼈는지 어깨를 한 번 으쓱하더니 그대로 돌아섰다. 나는 멀어지는 그의 뒷모습을 바라보았다. 문득 나도, 그도 무사히 이 리그를 겪어냈으면 하는 마음이 들었다.

현관문을 열자 내부가 환했다. 쿠가 온 뒤로는 집을 비울 때도 형광등을 켜뒀다. 태양열판을 사용하는 건물이라 전기세 걱정은 적었지만 아주 부담이 안 되는 건 아니었다. 그래도 쿠를 어둠 속에 홀로 있게 하고 싶진 않았다. 내 기척에 쿠가 장롱 문을 열었다. 쿠는 나를 보자마자 창 앞에서 태양열을 쬐는 것도, 장롱에서 하는 요가 수행도 꽤나 잘되고 있다고 했다. 내가 오길 기다린 걸까. 재잘대는 쿠의 기계음 소리가 정답게 느껴졌다.

"솔직히 말하면 네가 없으니까 더 잘되더라고."

그 말에 불쑥 웃음이 났다.

"1차를 통과했구나."

나는 가만히 고개를 끄덕였다.

"으, 땀 냄새. 좀 씻지 그래?"

"냄새 못 맡잖아, 너는!"

"꼭 맡아야 아나. 네 얼굴만 봐도 알겠는데."

나는 손으로 오케이 표시를 하고는 화장실로 향했다. 샤워기에서 떨어지는 오염된 갈색 물을 입안 가득 넣고 헹군 뒤 뱉었다. 나는 뜨겁게 데워진 몸을 이끌어 그대로 침대에 누웠다. 창 너머로 나무가 크게 흔들렸다. 곧이어 진동이 느껴졌다. 기차가 지나간다.

"만주."

노곤함에 거의 곯아떨어질 즈음 쿠가 나를 불렀다.

"응?"

"그래도 네가 명색이 내 보호자잖아."

"그렇지…."

내가 누군가의 보호자라니, 어색한 마음에 멋쩍은 웃음이 새어 나왔다.

"그래서 내가 선화그룹 슈퍼리그에 참가했던 로봇들의 이야기를 들어봤어. 보호자한테 도움이 될까 해서."

갑자기 잠이 확 달아났다.

"로봇이 슈퍼리그에 참여할 수 있어?"

"나도 네 무토를 끼면 접속할 수 있을걸."

"접속은 되지만 참가는 사람만 되는 줄 알았는데."

"로봇도 허용은 돼."

"그래서 통과한 로봇이 있어?"

"아니. 로봇은 도저히 수행할 수 없는 구간들이 있대. 인간의 몸이어야만 가능한 거지."

순간 내가 인간이어서 다행이라는 우월감이 들었다. 인간의 우월감이라니, 이 와중에도 그런 생각이 든다는 게 웃겼다. 인간이란. 나는 절레절레 고개를 젓다 인조인간들이 떠올랐다.

"그런데 인간의 몸과 거의 똑같이 구현된 로봇들도 있잖아. 물론 상위 몇 프로의 부자들만 소유할 수 있지만. 예전에 그들이 로봇을 리그에 참가시켜서 정보를 빼낸다는 말도 있었는데."

"맞아, 그런데 그 로봇들도 2차를 넘지는 못했대."

"왜?"

"로봇은 운명이 없기 때문이야."

태어나고 죽는 일에 관여하는 알 수 없는 기운. 그것이 운명이라면 어느 정도 정해져 있는 로봇의 생애도 그 나름의 운명이 있는 게 아닌가. 나는 쿠에게 뭐라 더 물어보려다 그만두었다. 마더하우스 출입구 앞에 누워 있던 쿠가 떠올랐다. 정확하게는 죽음만큼은 인도적으로 하고 싶다던 쿠의 말이.

"근데 그 로봇들은 어디서 만난 거야?"

"요가 수행 중에 만난 거지."

수행 중에 쿠는 자유롭게 몸을 움직일 수 있는 걸까. 나는 다른 로봇들과 만나 이야기를 나누는 쿠의 모습을 떠올렸다. 쿠의 얼굴은 스크린이 다인데도, 자꾸만 환하게 웃는 쿠의 얼굴이 상상되었다. 잔주름이 지고 눈동자가 휘는 쿠의 얼굴.

"만주, 나도 무토를 써보고 싶어."

나는 침대에서 일어나 쿠를 바라보다 가방에서 고글을 가져왔다.

"그동안 내게 가상현실 기기를 씌워준 사람은 아무도 없었어. 네가 처음이야."

마더하우스에서 사람들은 마치 쿠가 방사능이라도 되는 듯 가까이하지 않았다. 쿠도 누군가의 도움이 필요했거나, 누군가와 함께 하고 싶은 게 많았겠다는 생각이 들었다.

"근데 정확히 눈이 어디쯤이야?"

쿠가 모니터에 까만색 눈 모양을 만들어 띄웠다.

"여기에 맞춰서 끼워줘."

무토는 쓰는 사람에 맞게 너비가 조절돼 쿠에게도 무리 없이 맞았다.

"내가 자는 동안 해봐. 그 안에 있는 우삼, 아마 너를 만나면 좋아할 거야."

나는 고글을 쓴 쿠를 뒤로하고 쏟아지는 졸음에 몸을 맡겼다.

"푹 자. 만주."

노이즈캔슬링 이어폰을 꼽지 않았는데도 단번에 잠들 수 있는 흔하지 않은 밤이었다.


알람 없이도 저절로 눈이 떠졌다. 내가 눈을 떴을 때 장롱은 닫혀 있었다. 천천히 문을 열어 쿠의 몸을 살짝 흔들었다.

"와, 계속 택시만 탔어."

"우삼이랑 같이 있었구나. 이제 고글을 빼줄까?"

나는 조심스레 고글을 빼냈다. 쿠는 기어서 창 쪽으로 와 기지개를 켜듯 등에 있는 태양열판을 폈다. 나는 미처 다 펴지지 않은 부분들을 활짝 펴주었다. 이제 2차 리그까지 남은 시간은 겨우 하루 정도였다. 쿠가 아니라 내가 먼저 우삼을 만나고 왔어야 하는 건 아닐까 괜히 조바심이 일었다. 나는 괜히 방 안을 서성이며 중얼거리다 우선 화장실로 가 씻었다. 얼른 링 장으로 가서 다시 리그 모드에 들어가야 했다. 서둘러 옷을 입고 무토를 챙겼다.

"다녀올게."

"만주, 내가 최면을 걸 수 있다고 말했었나? 요가의 신한테 배웠어."

"최면을?"

"망가지면 좋은 게 뭔 줄 알아? 완전 쓸모없어지면 말

119

이야."

쿠는 등이 간지러운 듯이 태양열판을 살짝 움직였다.

"버려져."

왜 그 말에 내 마음이 따가운 걸까.

"미등록 상태가 되는 거잖아."

"맞아. 법에서도 애매한 존재가 되지. 그런데 그때서야 자유가 생겨."

잘 안다. 나는 그걸 자유라고 생각하진 않았지만. 여러 복지제도의 틈새에 있던 나는 법이라는 게 얼마나 현실과 거리가 먼지 누구보다 잘 알고 있다.

"내가 운전사 우삼한테 최면을 걸어봤어."

뜬금없는 쿠의 말에 놀라기보다 먼저 가상세계에서 최면이 가능한지가 궁금했다. 사실 나는 현실에서의 최면도 잘 믿지 않았다.

"거기서도 최면이 걸려?"

"당연하지. 넌 최면 자체를 믿지 않는구나."

가상현실에서는 정말 안 되는 게 없구나. 그래서 우삼과 무슨 얘기를 했냐고 묻자 쿠가 화면에 말줄임표를 띄웠다.

"그게, 음… 우선 잘 다녀와."

"하! 최면 이야기는 다녀와서 꼭 들을 거야. 쿠, 응원의 메시지 같은 건 없어?"

"난 응원은 못 해줘."

쿠의 말에 살짝 뒤통수를 맞은 기분이 들었다.

"왜? 왜 못 해주는데?"

"난 사실 선화그룹 별로야. 로봇 재활용 공장의 시스템을 처음 만든 게 선화잖아. 그 시스템으로 이젠 다른 기업들도 재활용 공장을 운영하고 있어. 그런데 내가 어떻게 그곳에 가고 싶어 하는 너를 응원하겠어."

마더하우스에서 쿠와 내가 단번에 친해졌던 건 로봇 재활용 공장 때문이었다. 그 악랄한 공간에 대해서만큼은 둘 다 다른 의견이랄 게 없었다. 그때만 해도 내가 다시 선화의 슈퍼리그를 보게 될 줄은 몰랐다.

"와, 그럼 이제껏 왜 아무 말도 안 한 건데?"

"날 버릴까 봐."

순간 가슴이 돌덩이가 얹혀진 듯 묵직해졌다.

"그럼 지금은 왜… 이야기하는데?"

"이제는 네가 날 버리지 않을 거 같아서."

이제야 버려지지 않을 거라는 걸 알게 됐다니. 그럼 쿠는 우리 집에서 지내는 내내 불안한 마음을 안고 있던 걸까. 궁금한 게 많았지만 시간을 더 지체할 수는 없었다.

"아무튼 네 응원 없는 나는 간다!"

나는 이런저런 생각으로 흐트러지려는 마음을 다잡고 현관문을 열었다. 등 뒤에서 쿠의 시선이 느껴지는 듯했다. 그래, 그거면 충분했다.

링 장의 반은 새로운 사람으로 교체되었다. 링 주변에 꼼꼼히 성수를 뿌리고 있는 수산나가 보였다. 나는 서둘러 슈트로 갈아입고 링에 올랐다. 고글을 쓰고 어두운 배경에 떠 있는 공 모양을 툭 쳤다.


나는 1차의 마지막과 같이 양복을 입고 있다. 소년의 몸을 한 것만큼이나 양복을 입은 내 모습도 어색하다. 어김없이 택시가 다가왔다.

"지난밤에 쿠가 왔었죠?"

"네, 별별 이야기를 다 했네요. 재밌는 친구더군요. 1차는?"

"통과했어요."

우삼은 내 말에도 크게 감정의 동요가 없었다.

"이 트레이닝이 도움이 되었나요?"

오히려 긴장을 하는 것처럼 보였다. 자신의 존재 가치를 확인받으려는 듯이.

"당연하죠. 합격했으니 사부라고 부를게요."

그제야 우삼이 슬며시 웃었다.

"사부라는 건 좋은 거겠죠?"

"그렇지 않을까요? 아무래도 사부니까."

사실 나도 누군가를 사부라 불러보는 건 처음이었다.

"나는 내가 좋은 사람인지 몰라서."

"왜요? 좋은 분이에요."

"그건 만주 군의 세상에 있는 그분만 아는 거겠죠."

그분은 마더하우스에 있는 우삼을 말하는 걸 테다.

"그분에 대해서는 잘 모르나 봐요?"

운전대를 잡은 우삼의 미간이 살짝 찌푸려졌다. 뭔가를 기억하려는 듯 보였다.

"다 지워졌어요. 그러니까 만주 군이 여기 오기 전에 모든 게 다 지워졌어요. 딱 하나만 희미하게 기억나요. 그분이 여기를 만들었다는 거."

"나 이전에 누군가를 트레이닝시킨 적 있나요?"

"그렇겠죠? 나와 여기는 트레이닝을 위해 만들어진 곳이니까. 분명 누군가를 트레이닝시켰을 거예요."

우삼은 기억하지 못하는 스스로가 답답하다는 듯 내게 미안한 표정을 지었다.

"아무튼 사부라면 제자에게 말을 놔야죠."

우삼은 부끄러운 듯 말을 더듬었다.

"그럼… 그래…. 이제 2차를 준비해야지. 만주 군은 천사에 대해서 공부는 했나?"

"천사도감을 달달 외우긴 했어요."

그게 내가 인생에서 유일하게 했던 암기 공부였다. 각 천사들의 특징과 사연이 나와 있는 천사도감을 어쩌나 외워뒀던지, 누군가 툭 하고 물으면 지금도 줄줄 말할 수 있다.

"직접 본 적은 있나?"

"직접… 이라면?"

"말 그대로."

"없겠죠?"

"2차에선 직접 만나게 될 거야."

"어디서요?"

우삼은 운전을 하며 말을 이었다.

"2차 시험은 선화그룹 내부에서 이뤄져. 회사, 공장, 물류센터, 데이터센터 등… 선화그룹과 관련된 공간이 무대가 되지. 랜덤으로 한 곳이 선택되는데 무대에 따라 내용도 달라지지. 아, 어떤 무대든 최종 목표는 황금 열쇠를 가지는 것."

"그럼 제가 어느 장소로 갈지는 알 수 없겠네요."

"만주 군은 로봇 재활용 공장으로 갈 거야."

"지금 트레이닝을 거기서 한다는 거죠?"

"그것도 맞고, 2차 리그도 그곳에서 이뤄질 거야."

"랜덤이라고 했는데, 어떻게 알아요?"

"기록으로 유추할 수 있어. 이전에 로봇 재활용 공장에서 일하다가 우울증 약을 복용한 적 있지? 분명한 의학 기록이, 그것도 면접자의 취약점을 내포한 기록이 남아 있으니 아마 그 공간이 무대가 될 거야."

나는 잠시 말문이 막혔다. 무토처럼 고도화된 장비는 사용자의 모든 걸 알아내어 가상현실에 전달한다. 하지만 의료 정보까지?

"내 의료 기록을 봤어요? 손가락에 있는 기록을 전부 본 거예요?"

"1차 리그에서 서명한 각서 기억나? 그 각서에 참가자의 의료 기록을 볼 수 있다고 적혀 있어."

"이건 트레이닝이잖아요!"

"그러니까. 트레이닝이니까 내가 만주 군의 정보를 미리 알아야지. 그래야 2차 리그 무대를 유추하고 훈련을 할 수 있지. 안 그런가? 내 목표는 만주 군을 합격시키는 거야."

우삼의 말에 반박할 부분은 없었다. 따지고 보면 몇 년 전이기는 하지만 스팸택시에서 다 털린 개인정보들이긴 했다. 더구나 알고 있지 않았나? 반칙을 해서라도 슈퍼리그를 통과하고야 말겠다고 다짐했던 그때, 이미 이런 일쯤이야 예상하고 있었다.

"왜 우울증 약을 처방받은 거야?"

우삼이 운전대를 잡고 슬쩍 나를 살폈다. 나는 트레이닝을 위해서라고 생각하며 그 기억들을 꺼냈다.

선화그룹의 로봇 재활용 공장에는 똑같이 생긴 백 개의 문이 있다. 나는 주로 지하 1층에서 각 방에 설치된 감시 카메라 화면을 실시간으로 살피는 일을 했다. 공장은 인공지능 자동화 시스템으로 운영되고 있어 내가 하는 일은 '보고 신고하고 입력하는' 게 다였다. 주로 모니터를 보며 각 방에 필요한 걸 입력하고 엔터를 누른다. 공장에는 두 명이 이교대를 했고 사람은 그것으로 충분했다(사실 이마저도 각 사업장에 인력이 최소 두 명은 있어야 한다는 노동법 때문에 만들어진 직책이었다).

공장 시스템은 간단했다. 사용 유효기간이 종료되면 로봇들은 자신의 다음 용도변경 기간에 맞춰 해당 방으로 스스로 걸어 들어갔다. 유효기간 동안 해오던 노동을 더 이상 수행하지 못하는 몸이 되면 로봇들은 스스로 몸 상태를 분석해 수행할 수 있는 다음 노동을 떠올린다. 그러고는 현재 위치에서 가장 가까운 로봇 재활용 공장으로 가 다음 노동에 맞는 몸으로 재활용을 거친다. 이 과정은 언뜻 자발적으로 보이기도 한다.

0번부터 100번 방까지 가정부, 청소부, 작곡가, 댄서, 과학자, 의료인, 운동선수, 화가 등 방마다 다른 용도를 제공한다. 해당 방에 들어갔다 나온 로봇들은 외형도 그에 맞게 변했다. 그 과정에서 발레리나의 다리가 의료인의 팔이 되기도 하고, 섹스 로봇의 성기는 청소기 호스로 쓰임이 바뀌기도 했다. 공장은 로봇들의 부품 하나하나를 정말 꼼꼼하게 긁어모아 다른 존재로 재활용시켰다. 로봇들은 누군가가 정해놓은 기간에 따라 계속해서 쓰임과 외형이 변해갔다.

처음에는 이 일이 쉬울 줄 알았다. 그런데 감시 카메라 속 몇몇 로봇들을 보며 나 역시 혼란에 빠지곤 했다. 그들은 자신이 왜 이렇듯 의미 없는 탈바꿈을 해야만 하는지 이해하지 못했다. 그곳에서 나는 딱 한 번 인간과 정말 흡사하게 생긴 로봇을 본 적이 있다. 그 로봇이 재활용되는 과정은 끝까지 지켜보기가 어려울 정도였다. 나는 그렇게 매일같이 처참하게 부서지는 로봇들과 마주해야 했다. 그건 이제껏 내가 인간으로 살면서 배우고 익힌 모든 지식을 총동원한다 해도 내 마음에 납득할 수 없는 상처를 남겼다.

가난한 이의 노동은 자기 의지와 상관없이 보고 싶지 않고, 겪고 싶지 않은 것을 마주해야만 한다는 걸 그 공장은 내게 온 힘으로 가르쳤다. 결국은 너도 저 방으로 가는 존재가 될 거라고. 아니, 너는 재활용조차 될 수 없는 존재가 아니냐고. 나는 싸구려 우울증 약으로라도 그 생활을 견디려 했지만 결국 그만두라는 공장 감독관의 권고가 내려왔다. 내가 권고사직을 받아들일 수 없다고 하자 그는 차선책으로 자조 모임에 나갈 것을 제안했다.

나는 한동안 가상현실 속 익명의 아바타가 되어 로봇 재활용 공장에서 일하다 우울증에 걸린 사람들의 모임에 참여했다. 거기서 만난 중국 사람은 내게 그쪽 상황은 그나마 괜찮은 거라고 위로 아닌 위로를 전했다. 자신이 일한 공장은 바이오 로봇과 인조인간을 재활용하는 곳이었는데, 이들의 장기와 뇌수가 분해되는 모습은 피만 보이지 않을 뿐 인간을 반죽 기계에 돌리는 거나 다름없다고 했다. 그 후로 그는 거식증에 걸려 아직도 치료 중이라고 덧붙였다.

자조 모임에 참석하는 횟수가 늘었음에도 공장 감독관은 나의 우울증이 나아지지 않는다고 판단했다. 나에게는 그 구역질 나는 일자리라도 절실했지만 공장 방침상 결국에는 그만둬야 했다.

가상현실에서 현실의 과거를 회상하는 일은 생각보다 기묘한 경험이었다. 창 너머는 아직 해가 뜨지 않아 어두웠다. 우삼이 현실의 어디쯤에 머물고 있는 나를 불러내듯 말을 건넸다.

"인공지능에게 권고사직을 제안받는 건 어쩌면 더 쓰린 경험일 거야. 아무리 공장 감독관이라고 해도 말이야."

"어쩔 수 없죠. 내가 태어날 때부터 이미 인공지능이 사회 곳곳에 자리한 세상이었으니까요."

내가 체념하듯 읊조리자 우삼이 운전대를 잡고 있던 오른손을 들어 내 어깨를 토닥거렸다.

"괜찮아. 슈퍼리그에서 이기면 그 모든 것에 우위를 가지게 되니까. 그때 공장 감독관을 밟아버리면 돼. 나를 자른 인공지능 새끼를."

처음 듣는 우삼의 거친 말투였다. 만약, 정말 만약에라도 선화의 슈퍼리그를 통과한다면 인공지능 공장 감독관쯤은 뭉개버릴 수 있는 걸까. 정말 그런 힘을 가지게 되는 걸까. 가보지 않은 길이라 예측조차 어렵지만 그래도 생애 한번쯤은 꼭 그런 위치에 서보고 싶었다. 택시가 서서히 속력을 늦췄다. 창 너머로 거대한 공장이 보였다. 18세기 산업혁명이 있던 영국의 방직 공장과 비슷한 외형의 공장이 눈앞에 우뚝 솟아 있었다. 눈짐작으로 못해도 높이가 20미터는 돼 보였다. 택시는 공장 입구에서 완전히 멈췄다.

"같이 들어가지."

우리는 함께 택시에서 내렸다. 공장으로 들어가자 익숙한 풍경이 보인다. 똑같은 철문들. 지나치게 단순한 구조과 배열. 로봇 재활용 공장이다. 사부의 말대로 정말 내게 취약한 공간이 2차의 무대로 나오는 걸까. 하지만 피할 수 없으면 직면해야 한다. 어쩌면 익숙한 장소가 유리할 수도 있다.

"함 둘러봐."

1층에는 0번부터 30번까지의 방이 있다. 비상문을 열고 계단을 올라 2층으로 가니 31번부터 60번까지의 방이 보인다. 3층에는 61번부터 90번까지의 방이 4층에는 91번부터 100번까지가 보인다. 다시 1층으로 내려가니, 우삼이 0번 방 앞에 서 있었다.

"만주 군은 0번 방에 대해서 무얼 알고 있지?"

공장에서 일을 할 때도 나는 0번 방 안은 본 적이 없다. 그곳은 감시 카메라 없이 선화그룹의 정직원이 출입해 관리한다. 자조 모임에서 어떤 아바타는 그 방에 대해 말하며 엄청난 공포심을 드러냈다. 그는 목소리를 낮춰 덧붙였다. 0번 방에서는 특수 맞춤형 재활용이 이뤄진다고.

"그 방에 대해선 아는 게 없어요."

"이번 2차에선 0번 방에 들어가야 해. 황금 열쇠는 사엘에게 있어. 사엘은 늘 0번 방에 있지."

사엘, 장님이며 세상의 모든 언어를 알고 바벨탑의 붕괴를 목격한 천사. 그리고 신탁을 내리는 자. 그는 각 개인에게 맞춤형 예언을 건넨다.

"신탁을 받아야 황금 열쇠를 받을 수 있나요?"

"그런 것도 천사도감에 나오나?"

"유추한 거죠."

우삼의 질문에 내가 머리를 긁적거리며 대답했다. 사엘

에게 황금 열쇠가 있다. 신탁을 받는 자에게만 준다. 언뜻 쉬워 보였다.

"다들 사엘이 있는 곳이 0번 방이라는 걸 아나요?"

"인터넷에 떠도는 정보만 봐도 알 수 있어. 중요한 건 사엘이 있는 0번 방을 찾아야 하는 거야. 사엘이 딱 나 여 겼소, 하진 않을 테니."

"방이 생물처럼 살아 돌아다니기라도 하나요?"

"맞아. 그런 해도 있었지. 매해 달라. 어떻게 나올지는. 거대 미로로 나올 수도 있고, 무한 숫자가 불규칙하게 배 열될 수도 있고, 방문을 열 때마다 방 번호가 바뀐 적도 있었어. 올해는 어떻게 나올지 모르겠군."

0번 방은 선화그룹에게 어떤 의미인 걸까.

"그럼 어떻게 알아요?"

"내 팁은 이거야. 0번 방을 찾지 마. 가브리엘을 찾아. 천사들의 동선을 한눈에 꿰고 있는 건 가브리엘뿐이야."

천사 중에서도 가장 변신술에 능한 존재. 대천사 가브 리엘은 천사들의 관리자이자 선화그룹의 총지배자로 알 려져 있다.

"가브리엘이 변신하면요?"

"가브리엘은 숱한 천상의 전쟁에 참여해왔어. 날개에 아직도 피 냄새가 배어 있을 거야."

전쟁에서 은퇴한 가브리엘이 꼭 선화그룹의 붙박이가

됐다는 이야기처럼 들렸다. 그때 우삼의 등에서 뼈 부러지는 소리가 들리더니 서서히 하얀 날개가 튀어나왔다.

"사부…."

나는 놀라서 입을 벌린 채 우삼의 날개를 쳐다봤다.

"자, 이번엔 나를 깨워야 해."

"깨워요?"

"그래, 날 천사라고 생각하고 깨워봐."

우삼은 두 날개를 활짝 펼치더니 단번에 몸을 감쌌다. 순간 시원한 바람이 내 얼굴을 스쳤다. 순식간에 동면에 들어간 하얀 알처럼 몸속에 고개를 파묻은 그는 아무 말도 하지 않았다.

서늘한 정적이 흘렀다. 나는 한참을 그 자리에서 서 있다가 우삼의 돌돌 말린 날개를 조심스레 건드렸다. 아무 반응도 없다. 결국 나는 부르고 싶지 않은 이름을 허공에 말했다. 공장에 문제가 생기거나 모르는 게 있으면 늘 그 이름만 부르면 해결되었다.

"공장 감독관님, 안녕하세요."

"안녕하세요. 만주 님."

허공에 인공지능 공장 감독관의 목소리가 울려 퍼졌다. 나에게 우울증 약의 목록을 건조하게 말해주던 그 목소리였다. 불쾌감이 올라왔다.

"사부를 어떻게 깨워야 할까요?"

트레이닝 중이라는 걸 알고 있으면서도 과연 저이가 내가 원하는 대답을 줄까 싶었다.

"당신 사부는 천사인가요?"

"날개가 달렸으니 천사겠죠…."

"그럼 천사를 웃기세요."

"네?"

"웃음만큼 천사를 깨어나게 만들고, 틈을 보이게 하는 건 없어요."

틈을 보인다? 천사를 웃겨야 한다니. 정말 전방위적인 테스트가 이뤄지는구나 싶어 헛웃음이 나왔다.

"어떻게 웃겨요?"

"천사들은 굴뚝 청소부에 대한 농담을 좋아해요. 혹시 윌리엄 블레이크의 시를 아나요? 〈굴뚝 청소부〉라고."

"처음 들어봐요."

"황금 열쇠를 가진 천사가 와서 모두를 풀어주었다는 그 시를 몰라요?"

"네, 전혀요."

허공에서 종이 한 장이 내 앞으로 내려왔다. 종이에는 단정한 글씨체로 시가 적혀 있었다. 반신반의한 마음으로 종이에 적힌 글을 읽어 내려갔다.

"어머니가 돌아가셨을 때 난 아주 어렸다. 아버지는 나를 팔았다. 내 혀가 아직 뚝! 뚝! 뚝! 소리도 제대로 내지 못할 때였다. 그래서 난 굴뚝 청소를 하고 검댕 속에서 잔다."

나는 슬쩍 우삼을 보았다. 우삼의 주름살이 움직이고 입술은 미세하게 실룩거렸다. 나는 계속 시를 읊었다.

"톰 데이커라는 꼬마는 양털처럼 곱슬곱슬한 머리카락이 잘리자 울었다. 그래서 내가 말했지. 울지 마, 톰! 신경 꺼. 머리카락이 없으면 네 허연 머리카락이 검댕에 더럽혀질 일도 없잖아. 그러자 톰은 울음을 그쳤다. 바로 그날 밤 꿈속에서 굉장한 광경을 보았다! 딕, 조, 네드, 잭과 함께 수천 명의 청소부가 모두 관 속에 갇혀 있는 게 아니겠는가."

시를 읽을수록 뒷덜미가 서늘해졌다. 그런데 우삼은 점점 얼굴을 일그러뜨리더니 입술을 꽉 깨물고는 웃음을 참고 있었다. 연기하는 걸까? 나는 더 비장한 목소리를 냈다.

"그런데 황금 열쇠를 가지고 온 천사가 관을 열고 모두 다 밖으로 나오게 해주었다. 아이들은 푸른 들판을 폴짝거리며 웃으며 달려간다. 강에서 몸을 씻자 몸뚱이들이 햇빛을 받아 빛난다. 발가벗은 하얀 맨몸으로, 다들 청소 가방을 팽개친 채 구름 위로 올라가 바람을 타고 논다. 천사가 톰에게 말했다. 네가 착한 아이가 되면 신을 아버지로 모시고 언제나 기쁨이 넘칠 거라고. 톰이 잠에서 깨어나고 우리는 모두 어둠 속에서 일어나 가방과 술을 챙겨 일터로 나간다. 아침은 차갑지만, 톰은 행복하고 따뜻했다. 모두가 각자 할 일을 다한다면 두려움은 우릴 해치지 않을 것이다."

그 순간, 우삼이 깨어나 날개를 활짝 펼쳤다.

"실전에서 종이는 없어. 꼭 시 전체를 외워야 해."

태어나 시 같은 건 한 줄도 외워본 적이 없다. 아니, 읽어본 적도 없다.

"알았어요. 그럼 그냥 시를 외우라고 말하면 되지. 왜 공장장까지 부르게 해요."

"선화는 인공지능 관리자를 뽑는다고 했잖아. 그러니 인공지능과의 관계를 가장 중요하게 생각해. 그 순간, 만주 군이 인공지능에게 질문을 한 건 적절한 태도였어."

칭찬을 받았다고 조금은 기분이 풀렸다.

"배가 고파요."

"그래, 다음 트레이닝으로 넘어가기 전에 밥부터 먹자. 메뉴를 말해봐."

머릿속으로 음식들이 줄줄이 떠올랐다.

"진한 아메리카노랑 훈제 연어가 올라간 크림 파스타를 먹어야겠어요. 연어는 듬뿍 넣어주시고요, 크림은 눅진하게 해주세요."

나는 한 번도 이 메뉴들을 먹어본 적이 없다. 그런데도 진짜 먹어본 사람처럼 입맛을 다셨다.

"알았어. 이런 공장 말고 뷰 좋은 곳에서 먹자고."

나는 우삼에게 다시 한번 구십도로 인사했다.

"사부, 그럼 저 잠시 다녀올게요."

고글을 벗었다. 링 아래로 손짓하자 미니 냉장고가 다가왔다.

"식사를 하려고요."

가상현실에서 음식을 먹을 때는 먼저 현실에서 배를 채워 가야 한다.

"네, 주문하세요."

내가 먹을 음식이 비록 밀가루 반죽일지라도 주문하는 순간은 항상 기분이 좋아진다. 나는 아까 우삼에게 말한 메뉴를 그대로 읊었다.

"잠시만요. 바로 준비해드릴게요."

미니 냉장고는 30초 정도 가만히 서 있다가 몸통에 있는 문을 열어 접시 하나를 건넸다. 차가운 반죽 덩어리였다. 나는 눈을 감고 그 덩어리를 손으로 찢어 급히 입에 넣었다. 보지만 않으면 진짜 파스타를 먹는 것도 같았다. 다 먹는데 채 5분도 걸리지 않았다.

"배가 엄청 고프셨나 봐요."

급격하게 배가 불러왔다. 나는 다시 고글을 꼈다.

택시는 어느새 햇살이 내리쬐는 텅 빈 해안도로를 달리고 있었다. 7번 국도라고 적힌 표지판이 보였다. 바다 풍경에 창문을 열자 강한 바람과 파도 내음이 느껴졌다. 지금만큼은 이 세계가 너무도 평화로웠다. 도대체 여긴 어디쯤인 걸까. 이 바다는 내가 현실에서 본 바다와 다를 바가 없었다. 기암절벽을 향해 세차게 부서지는 파도 소리가 귀에 생생하게 다가왔다. 우삼이 운전대를 잡은 채 말했다.

"만주가 기억해야 할 찬스가 있어. 이건 리그뿐만 아니라 만주 인생에서 단 한 번만 쓸 수 있는 거야."

"어떤 찬스요?"

"천사는 인간이 절박하게 하는 부탁을 딱 한 번은 들어줘."

"딱 한 번만요?"

"응. 그러니까 소중히 사용해야 해. 두 번의 기회는 없어."

나는 고개를 끄덕였다. 택시는 이름 없는 절 입구에서 멈췄다. 사부와 나는 그 안으로 걸어갔다. 저 앞에 해수관음상이 보였다. 얼마나 큰지 아래서 올려다본 해수관음상은 꼭 하늘에 떠 있는 듯했다. 이곳에는 사부와 나 둘뿐이다. 관음상 발 아래로 연어 크림 파스타와 아메리카노, 짜장면과 군만두 그리고 단무지가 놓여 있었다. 우리는 말

없이 계단에 앉아 각자의 음식을 먹기 시작했다. 우삼은 군만두를 집어 바삭 소리를 내며 씹었다.

"사부는 가장 좋아하는 음식이 짜장면이에요?"

"응, 나는 누가 먹고 싶은 음식을 물으면 언제나 짜장면이 떠올라. 실제로 먹어봤나? 만주 군은?"

"아뇨. 먹어봤대도 가상현실 안이었겠죠."

"나랑 똑같군."

"아직도 세상에는 짜장면이 많다는데 내가 먹을 건 없어요."

"만주 군, 슈퍼리그에 통과하면 짜장면이 다 네 거야. 진짜 짜장면이."

우삼은 면발을 흡입하듯 입안 가득 넣고는 우물거렸다. 나는 파스타의 황홀한 비주얼에 정신이 팔렸다. 우삼은 그릇에 남은 짜장면 건더기를 젓가락으로 긁어 먹으며 말을 이었다.

"그 새끼손가락 말이야. 그거 뭐야? 항상 살피던데."

우삼이 새끼손가락에 대해 안다는 건 결국 무토가 동생에 대한 정보 역시 알고 있다는 거겠지. 나는 진실의 버튼을 누르듯 심장에 새끼손가락을 가져다 댔다.

"가출한 동생이 있어요. 십삼 년을 만나지 못했어요. 그래도 우린 새끼손가락으로 연결돼 있어요. 동생의 심장이 뛰고 있다는 걸 알죠."

"왜 가출했지?"

"꼭 가출이라고 할 수는 없는데 혁명 같은 걸 하러 갔다고 해야 할까요?"

"혁명 같은 거?"

우삼이 의아해하며 물었다. 분명 말할 생각이 없었는데 나도 모르게 입이 열렸다.

"동생이 열다섯 살이 된 해에 유엔에 가입된 국가들이 시범적으로 실행한 시험이 있었어요. 기본소득에 관한 가상현실 실험이었는데 동생이 딱 그 시험에 참여할 나이였죠."

우삼은 진중한 표정으로 내 이야기에 귀를 기울였다. 나는 식은 아메리카노를 한 모금 마시며 그때 이야기를 꺼냈다.

그 전에도 기본소득에 대한 여러 사회적 실험이 있었지만, 그렇게까지 세계적인 규모로 동시에 진행한 실험은 처음이었다. 당시 실험 대상은 15세에서 17세까지의 청소년이었다. 더 이상 자연적으로 싱싱한 작물의 재배를 기대하기 어려워진 지구에서 그나마 남아 있는 자원을 누구에게 배분해야 하는지 묻는 목소리가 높아졌다.

자연의 관점에서 보면 이쪽이나 저쪽이나 인간이라면 다 같은 오염물질이겠지만 인간들은 분류하길 원했다. 마치 자신은 한정된 자원을 사용할 그룹에 당연히 들어가기라도 할 듯이 말이다. 그런 목소리는 인간사회에 서로에 대한 불신의 씨앗을 틔웠고, 자연과 진정으로 공존할 수 있는 사람만이 사회 자원을 쓸 자격이 있는 게 아니냐고 너도나도 외치기 시작했다.

이 문제의식은 모든 인간에게 기본소득을 제공하는 것이 맞느냐는 공공의 질문으로 이어졌다. 그래서 시범적으로 가상현실에서 통과의례를 치러 그것을 넘어선 사람에게만 주거와 식사, 여가활동까지 할 수 있는 기본소득을 제공하기로 했다. 동생은 자연을 아끼고 이른 나이부터 채식을 실천하며 살아왔기에 자신은 당연히 통과할 거라고 생각했다. 하지만 동생은 떨어졌다. 그 후 동생에게 변화가 일어났다.

동생은 육식을 시작했고 가공식품을 미친 듯이 먹어댔다. 그리고 통과의례에서 떨어진 또래들의 모임에 나갔다. 그들은 광화문에서 실험 결과의 부당함과 자신들의 억울함을 호소하는 홀로그램 시위를 열었다. 홀로그램이 된 동생과 친구들은 투명인간처럼 도로 여기저기를 뚫고 다니며 "우리는 너희들의 통과의례를 거부한다"고 적힌 피켓을 흔들었다.

하지만 그런 움직임에도 정부나 다른 시민사회에서 아무런 반응이 없자 이 또래 모임은 서서히 폭력적인 양상을 보이기 시작했다. 한국 유엔 지부 앞에서 단체로 바지를 벗고 똥을 싸는 퍼포먼스에 동생 역시 참여한 사실을 알게 되었을 때, 나는 동생이 이 문제를 얼마나 진지하게 여기는지 다시금 깨달았다. 내가 기억하기로 동생의 마음에 이와 같은 불씨가 자리 잡은 건 이 실험 직전에 받은 가난교육 때문이었다.

가상현실 교육 프로그램의 하나인 가난교육은 한 가구에 한 명은 반드시 이수해야 지원금을 받을 수 있었다. 당시 나는 로봇 재활용 공장에서 일을 하고 있어서 동생이 대신 가야 했다. 행복센터에서 온 통지서를 열었을 때 나는 먼저 그 이름에 놀랐다. 가난교육. 아마 이 교육을 받을 리 없는 공무원 중 하나가 별생각 없이 지은 이름이 무리 없이 윗선으로 올라가 최종 지원사업명으로 정해져 우리에게 안내되었을 거다. 실제로 이름에 대한 민원이 빗발쳐 그다음 해 '최저수입자를 위한 정서 교육'으로 교묘하게 이름이 바뀌었다.

동생은 행복센터에서 제공하는 저렴한 가상현실 기기를 쓰고 일주일에 두 번, 1시간씩 총 16시간의 프로그램을 이수했다. 어느 날 교육을 잘 받고 있냐는 내 물음에 동생은 건조한 투로 말했다. 가난한 자의 범죄율이 높은 걸 예방하고 낮은 자의식을 고쳐시키는 내용이라고. 그때 눈치챘어야 했지만 나 역시 그 당시 하루의 절반을 로봇 재활용 공장에서 지내고 지친 마음으로 집에 들어오던 상황이었다. 이후 기본소득 실험까지 겪은 동생은 혁명 같은 걸 해야 한다고 말하더니 완전히 집을 나갔다.

"동생 이름이 뭔가?"

가만히 듣고 있던 우삼이 물었다.

"서화린이요."

"이름이 제법 화려하네."

"네, 동생하고 잘 어울려요. 이목구비도 크고 동생은 참 예뻤어요. 제 눈에는 그랬어요."

"만주 군은 동생에 대해 말할 때 심장이 엄청 뛰네. 난다 들려."

나는 괜히 뒤에 있는 해수관음상을 돌아보았다. 이제 우리 앞에 놓인 그릇에 음식은 없었다.

"잠깐 쉬어. 이제 얼마 안 남았으니 전력으로 연습해야지."

나는 해수관음상 발 옆에 웅크렸다. 우삼도 내 옆에 와 누웠다. 나는 오랜만에 느끼는 포만감에 쏟아지는 잠을 이겨내려 두 눈에 힘을 주었다.

"사부는 혼자 있을 때 이렇게 밥도 먹고, 잠도 자고 그래요?"

"그럼."

"꿈도 꿔요?"

"아, 꿈!"

우삼은 뭔가가 떠올랐는지 손뼉을 쳤다.

"정말 어렵지만, 사용할 수만 있다면 치트 키지."

"꿈을 사용해요?"

"꿈은 선화의 슈퍼리그에서 중요한 요소야. 1차 리그에서 만났던 부족과 소년을 떠올려봐. 바로 그 부족이 선화에게 인간이 천사가 되는 방법을 알려줬어. 부족은 꿈으로 연결돼 있어. 그들은 꿈속에서 예언을 받기도 하고, 미래를 보기도 하고, 천상의 비밀을 공유하기도 하지. 아주 오래전부터 그렇게 살았어. 그들도 천사가 되는 방법을 꿈속에서 알았으니까."

가상현실에서 꿈을 꿔본 적은 없다. 갑자기 리그를 하다 잠에 곯아떨어질 일도 없으니까.

"연습해봐. 지금. 배불러서 졸린다며?"

나는 하늘을 바라보다 눈을 감았다.


눈을 뜨자 해수관음상 앞이었다. 우삼은 이미 잠에서 깨 있었다. 가상현실에서 잠들면 현실로 돌아가곤 했는데 이젠 잠자는 중에 현실로 튕겨 나가지 않았다. 더 노력한다면 꿈도 꿀 수 있을 거다. 자리에서 일어나니 해수관음상 아래에 다양한 무기들이 보였다. 길이가 제각기 다른 칼과 창, 무거워 보이는 총이 종류별로 늘어서 있다. 그 옆으로는 귀여운 캐릭터 인형과 각종 문구용품 그리고 폭

죽도 보였다.

"선택해. 하나만."

"무기 선택권이 주어지나요? 2차에서도?"

"응."

"폭력도 허용되나요?"

"천사들은 안 된다고 하겠지만, 넌 허용된다고 생각해야 할 거야. 격렬한 몸싸움이 있을 거야. 꽤 고통스러울거다. 상대는 네가 현실로 튕겨 나가길 바랄 테니까."

나는 물건들을 바라보다 물었다.

"추천하는 무기가 있나요?"

우삼이 권총으로 시선을 내렸다.

"왜요?"

"쏘면 끝나는 거니까."

나는 권총을 집어 탄창을 열어보았다.

"그 권총의 이름은 글록17이야. 예전엔 흔한 권총이었지. 정확히 외워둬."

"네."

"아무리 좋은 무기도 내 손에 익지 않으면 소용없어. 지금으로서는 그게 만주 네게 가장 좋은 무기가 될 거야."

가상현실에서도 나는 되도록 총 게임만은 하지 않았다. 가상이라는 걸 알고 있음에도 사람을 죽이는 느낌이 너무 생생했다. 하지만 지금은 피할 수 없다.

만약 리그러와 맞닥뜨렸을 때 폭력을 쓰지 않는다는 건 경기를 포기하는 것과 같은 말이다. 리그러, 슈퍼리그를 중독적으로 즐기는 사람들. 그들에게 취업이란 해도 그만, 안 해도 그만인 것이다. 그들에 대해서는 게임 중독자라는 이야기도, 비싼 취미활동을 찾아다니는 상류층이라는 말도 있다. 나 같은 보통의 참가자들에게 리그러는 정말 만나고 싶지 않은 기피의 대상이다.

내가 권총을 선택하자 나머지 무기들이 사라졌다. 이어 해수관음상의 몸 여기저기에 붉은 점들이 생겨났다.

"이제부터 해보자. 자세부터 바로 하고."

우삼은 내게 권총을 잡는 자세부터 몸의 균형을 제대로 세우는 방법, 목표물과의 거리감을 맞추는 것 등을 세밀하게 가르쳐주었다. 나는 우삼의 말을 하나라도 놓칠세라 긴장을 늦추지 않았다. 이윽고 나는 자세를 취하고 해수관음상을 향해 방아쇠를 당겼다.

탕! 탕! 탕!

해가 빠른 속도로 사라졌고 희미하게 붉은 하늘이 되었다. 사격은 계속되었다. 어느덧 세상이 우리를 위해 조명을 끄듯 완전한 어둠이 깔렸다. 권총을 잡은 손의 감각이 익숙해졌다. 채워지는 총알이 무섭게 사라졌다. 나는 해수관음상을 향해 멈추지 않고 방아쇠를 당겼다. 중간중간 우삼이 명중률을 집계해 말해주었다. 우삼의 입에서 9퍼센트라는 소리가 나왔다. 나는 멈추지 않았지만, 명중률은 통 오르지 않았다. 아무래도 이게 나의 최대 적중률인 거 같았다. 총소리에 귀가 먹먹했다.

"이제 그만."

쭉 뻗은 손을 내리고 우삼을 바라봤다. 양팔과 양어깨가 전부 얼얼했다.

"아직 10분의 1의 명중률인데요?"

"맞아, 아직 안 끝났어."

우삼의 말이 끝나자 거인 같던 해수관음상이 서서히 작아지더니 나보다도 작아졌다. 그러더니 관음보살의 인자한 표정을 지으며 내 쪽으로 성큼성큼 걸어왔다. 살과 피와 혼이 생생하게 느껴지는 보살의 모습이었다. 내가 피하려 하자 우삼이 내 어깨를 꽉 틀어잡고 멈춰 세웠다.

"뭐 어쩌자는 거예요?"

내가 안절부절못하는 사이 해수관음상은 아니, 해수관음보살은 내 코앞까지 왔다.

"쏴."

"네? 제, 제가 왜 보살님을 쏴요?"

"이 정도도 못 하면 실전에서 어떻게 하려고 하지?"

우삼은 물러서지 않겠다는 듯 공격적으로 되물었다. 나

는 해수관음보살의 심장 쪽에 총구를 가져다 댔다. 제길, 물컹한 살 안쪽으로 심장박동이 느껴졌다. 보살은 평온한 미소를 지은 채 가만히 내 눈동자를 바라보았다.

"쏴!"

탕! 소리와 함께 얼굴에 핏물이 튀었다. 쏘지 말아야 할 걸 쐈다는 죄책감이 엄습했다. 보살은 여전히 내 코앞에서 미소 짓고 있었다. 진짜 못 할 짓이었다.

"다시!"

보살의 구멍 난 심장에서 피가 물처럼 흘렀다. 나는 한 걸음 뒤로 물러나며 권총을 내렸다.

"모, 못 하겠어요. 그만할래요."

"만주 군, 이게 이번 트레이닝의 핵심이야. 뚫어야 해!"

"도망가지도 않고 피하지도 않잖아요. 보살님이 이렇게 망부석처럼 있는데. 사격 연습도 아니고, 이게 도대체 뭐냐고요!"

내가 항변하듯 문자 우삼이 이제껏 본 적 없는 엄한 표정을 지었다.

"그럼 선택해. 여기서 영원히 연습을 끝내든, 내 말을 따르든."

나는 다시 보살을 향해 무력하게 권총을 들었다.

"지금부터 딱 백 발만 쏜다. 눈 감지 말고."

탕! 머리통. 탕! 팔. 탕! 코. 탕! 배. 탕! 손. 탕! 볼… 다

147

시 탕!

한 발씩 쏠 때마다 나를 지탱하던 인간다운 감정들은 사라졌고, 눈앞으로는 종이처럼 너덜너덜해지는 보살의 미소만 서늘하게 보였다.

2059년 2월 10일(레트로90에 자동 저장된 기록)

디플이 내게 삐삐를 선물했다. 그들은 레트로90에서 이 기계로 서로의 위치를 파악할 수 있다고 했다. 다음 날 다시 레트로90에 접속하니 삐삐에 숫자가 떠 있다. 공중전화에 들어가 음성사서함을 확인하니(왜 이런 복잡한 과정을 통해서 연락을 해야 하는 걸까) 디플의 목소리가 들렸다. 신촌역 1번 출구 근처 골목에 있는 '씨네필'이라는 비디오방으로 오라고 했다. 허공에 대고 위치를 말하니 포스터가 붙어 있는 후미진 건물이 보였다. 그 건물을 찾아 문을 열자 작은 카운터 뒤로 비디오가 잔뜩 진열된 책장이 줄지어 보였다. 디플, 에쎄, 말보로, 디스는 비디오를 고르는 데 열중하고 있었다. 에쎄가 나를 발견하고는 손짓했다.

"씨네필은 처음일 테니까 레종이 보자는 거 보자."

나는 비디오 제목들을 하나하나 훑어보았다. 〈파니 핑크〉, 〈중경삼림〉, 〈8월의 크리스마스〉, 〈그랑블루〉, 〈바그다드 카페〉. 쭉 이어지던 낯선 단어들의 조합 속에서 내 시선을 끈 제목이 있었다. 〈베를린 천사의 시〉.

"이걸로 할래."

"정말 그게 최선이냐?"

말보로의 볼멘소리에도 나는 비디오를 바꾸지 않았다. 우리는 알바의 안내를 받고 가장 크다는 7번 방으로 갔다. 가장 큰 방이라고 했지만 우리가 다 들어가자 움직이기 힘들 정도로 비좁았다. 디스가 마지막으로 들어와 문을 닫자마자 영화가 시작되었다. 흑백 화면에 나온 천사라는 남자는 끝도 없는 혼잣말을 했다. 영화를 보는 사람은 나뿐인 듯했다.

"부산국제영화제가 처음으로 열린다네!"

말보로가 다소 흥분된 목소리로 말했다.

"그것보단 경춘선이 업데이트될 거래. 난 아직도 기억해. 2010년 12월 20일. 경춘선이 마지막으로 운행하던 날 꼭 가보려고 했는데 야근 때문에 못 갔어. 정말 가고 싶었는데."

에쎄의 말투에 쓸쓸함이 묻어났다.

"그럼 이번에 가보자. 가는 김에 우리 고슴도치섬에도 갈까? 거기에 자물쇠를 걸자. 사람들이 남산 다음으로 고슴도치섬을 명당으로 꼽더라고. 같이 자물쇠를 거는 건 우리의 오랜 염원이기도 하잖아."

디플의 말에 모두 동의하는 분위기였다.

"자물쇠를 왜 걸어?"

"왜라니, 이 안에서 우리가 쌓은 추억이 얼마나 비싼 건데. 그 귀한 걸 그냥 흘려보내면 안 되지."

나는 추억이라는 말이 좀 낯설었다. 이렇게 시간을 보내는 게 추억인 걸까. 이건 가상세계 속 데이터일 뿐이다. 하지만 나는 이해했다는 듯 고개를 끄덕였다.

"자물쇠에 영원한 우정이라든가, 사랑이라든가, 소원 같은 걸 걸어두는 거지. 레종 너도 같이 걸자."

고글을 벗으니 밤이었다. 방금까지 해수관음보살을 쏜 내 손을 바라봤다. 모든 게 무감각하게 느껴졌다. 리그까지는 9시간이 남았다. 나는 재빨리 링 장 밖으로 나갔다. 밖은 쥐 죽은 듯이 고요했다. 고목나무 옆 낡은 벤치에 앉아 허공에 〈굴뚝 청소부〉 시를 띄웠다. 태어나서 시를 외워보는 건 처음이라 생각보다 어려웠다.

머릿속에서 행을 한 줄 한 줄 연상하며 시의 맥락에 집중하려 했다. 이상하게도 이 시를 소리내어 낭송하자 언제부터 온 건지 몰라도 별독수리 무리들이 근처로 모여들었다. 아득하던 밤이 서서히 밝아왔다. 그러고도 한참이 지나서야 나는 자연스레 시를 떠올릴 수 있었다. 내가 시를 외우다니!

다시 링 장으로 가니 각자 연습에 몰두하는 사람들이 보였다. 나는 링 바닥에 누웠다. 그때 아래서 미니 냉장고가 나를 불렀다.

"마시고 시작하세요."

2차 경기까지 몇 분 남지 않았다. 나는 물을 마시고 그대로 고글을 착용했다. 곧 스마일의 호루라기 소리가 들렸다. 크게 심호흡을 하고 눈을 뜨자 천사의 날개가 새겨진 문 앞이다. 문을 열고 들어가면.

나는 붉은 벽돌로 된 공장 입구에 서 있다. 정말 재활용 공장이 2차의 배경이 되었다. 엄청나게 많은 사람들이 보였다. 국적도, 성별도, 나이도 모두 제각각이었다. 시간이 지날수록 도착하는 참가자들이 더 늘어났다. 나도 그 대열에 섰다.

줄 앞에는 큰 키에 어두운 피부색의 남자가 서 있다. 남자의 등 뒤로 날개가 보였다. 그가 뿜어내는 오라에 다들 저절로 고개를 숙였다. 미카엘, 진중함과 장난기가 동전의 양면처럼 서려 있는 존재. 한 명씩 미카엘 앞에 서서 질문을 받았다. 참가자의 대답을 들은 미카엘이 가라는 듯 손을 저으면 참가자는 사라졌고, 그가 고개를 끄덕이면 참가자는 입구로 들어갔다. 나에게는 어떤 질문을 할까. 긴장이 돼 괜히 줄에 선 사람들을 살폈다. 초조함, 익숙함, 대범함, 비열함까지 다양한 표정들이 눈에 들어왔다. 그중에는 눈동자가 텅 비어 보이는 사람도 있었다.

어느덧 나는 미카엘 앞에 섰다.

"안녕하세요."

미카엘은 꾸벅 고갯짓을 하고 바로 질문을 던졌다.

"인간이 재활용된다면 무엇이 되는 게 좋을까요?"

예상 못 한 질문이다. 제대로 답해야 한다. 나는 차분히 우삼과의 대화를 떠올렸다. 이 질문의 힌트가 될 수 있는 무언가를. 우삼은 항상 강조했다. 선화가 원하는 인재는 천사라고.

"천사… 아닐까요?"

"그렇다면 인간이 천사로 재활용되는 거에 대해 어떻게 생각하세요?"

글쎄요, 하는 말이 튀어나올 뻔하는 걸 겨우 삼켰다. 하나하나가 다 시험이다.

"좋다고 생각해요."

싱거운 대답이었을까.

"그럼 그 재활용에 동의하는 거군요."

나는 네, 하고 대답했다.

"무기를 선택하세요."

"글록17을 선택하겠습니다."

말이 끝나기가 무섭게 허공에서 권총이 떨어졌다. 나는 권총을 들었다.

"총알은 열일곱 발이 들었습니다."

미카엘의 말에 지금이 실전이라는 게 다시금 느껴졌다.

"이제 들어가도 될까요?"

미카엘이 격조 있게 고개를 끄덕였다. 나는 밝은 빛이 새어 나오는 공장 출입문을 온몸으로 밀었다.

공장에 들어서자마자 1층에는 서른 개의 방이 보였다. 내가 일했던 로봇 재활용 공장의 모습 그대로다. 안도하기도 전에 바로 눈치챌 수 있었다. 방 번호가 모두 0번이라는 걸. 공장에 빼곡하게 들어선 참가자들은 모두 방문을 열어젖혔다 닫기를 반복하고 있었다. 비상계단을 열어 2층으로 올라갔다. 역시 방 번호는 모두 0번이었다. 3층과 4층의 방도 모두 0번이었다.

나는 4층부터 차례로 방문을 열었다. 우삼이 말한 대로 가브리엘을 먼저 찾아야 할지 모른다. 문을 열 때마다 가브리엘에게서 난다는 피 냄새에 집중했다. 1층에 도착해서야 방 하나에 시선이 갔다. 오직 그 방에서만 참가자들이 들어갔다가 나오질 않았다. 나는 그 문을 열었다.

방에는 이미 남자 두 명과 여자 한 명이 있었다. 2차를 시작할 때 내게 깊은 인상을 남긴 멍한 눈동자의 남자도 보였다. 나 포함 네 명이 모두 국적과 인종이 달랐다. 왜 이들뿐이지. 나머지 사람들은 로그아웃된 걸까. 확실한 건 이 방에서 짙은 피 냄새가 났다. 나는 문을 닫았다.

허리까지 내려오는 긴 레게 머리를 한 동양 남자가 지친 표정으로 바닥에 주저앉았다. 참가자들 옆에는 말풍선이 떴다. '나는 일본인이고, 요스케라고 합니다. 여기는

153

열일곱 번째입니다.' 말도, 자기소개도 하기 귀찮으면 말풍선을 띄우는 게 리그 안의 예의였다.

커트 머리에 가슴골이 드러난 옷을 입은 여자 옆에도 말풍선이 떴다. '나는 마리, 쿠바에서 왔어요. 여기 온 건 당연히 처음은 아니죠.' 마리의 표정은 제법 공격적이었는데 모두 별다른 반응을 보이지 않았다.

양복을 입고 뿔테를 착용한 거구의 흑인, 바로 그 멍한 눈빛의 남자는 '난 테디라고 해.' 한마디할 뿐 다른 정보는 없었다. 이제 내 차례였다.

"저는 서만주라고 해요. 2차는 처음입니다."

나는 그냥 입으로 말했다. 그때 요스케의 레게 머리에서 빛나는 머리카락 한 가닥이 보였다. 자세히 보니 투명할 정도로 반짝이는 은색이었다. 설마.

일순간 테디가 나를 향해 달려들었다. 오른 어깨에 엄청난 충격이 느껴졌다. 쿵! 둔탁한 소리와 함께 나는 그대로 바닥에 쓰러졌다. 순식간에 일어난 일이었다. 테디는 쓰러져 있는 나를 공허하게 내려다보았다. 이어 바지에 숨기고 있던 채찍을 꺼내 바닥을 거세게 내려치기 시작했다. 그는 사정없이 채찍질을 하며 나를 걷어찼다. 나는 재빠르게 그의 오른발을 움켜쥐고 놓지 않았다. 테디가 버둥거리기 시작했다.

그때 마리가 주머니에서 종이를 꺼냈다. 종이에는 빈

곳을 찾기 어려울 정도로 한자가 빼곡했다. 요스케는 주머니에서 수류탄을 꺼냈다. 마리는 쓰러져 있는 내 이마에 종이를 붙였다. 순간 나는 고정된 핀처럼 그 자리에 붙박였다. 입은 물론이고 발가락부터 손끝까지 어디도 움직일 수 없었다. 이건 강시 부적이다. 마리와 테디, 요스케가 꼼짝하지 못하는 나를 비웃었다.

"2차가 처음이라니. 자기소개 한번 정직하게 하네. 처음부터 우릴 만나서 다행이라고 생각해. 여기서 넌 끝날 거야. 우리랑 같이."

테디의 눈빛이 이전과 달리 생기를 보였다. 설마 이들이 리그러인 건가? 그런데 테디는 자못 정의로운 표정을 지으며 진중하게 말했다.

"우린 너를 떨어트릴 거야. 그게 너를 위한 일이니까. 우리의 목적은 한 명이라도 떨어트려서 인간답게 살게 하는 거야. 알아, 여기까지 오는데 치열했겠지. 하지만 너는 스스로 로그아웃해야 해."

테디는 내 눈빛에서 전혀 그럴 의사가 없다는 걸 느꼈는지 어쩔 수 없군, 하며 저벅저벅 걸어와 망설임 없이 내 팔을 꺾었다. 우두둑 뼈 부러지는 소리가 생생하게 들렸다. 그 순간 엄청난 고통이 왼팔을 뒤덮었다. 나는 처음으로 느껴보는 극한의 고통에 몸부림조차 치지 못했다.

겨우 눈동자를 굴려 수류탄의 고리를 만지작거리는 요

스케를 바라봤다. 테디는 이번엔 채찍을 들어 내 허벅지를 내려쳤다. 비명을 질렀다고 생각했지만 목소리조차 몸 안에 갇혀 입 밖으로 나가지 못했다.

"부적을 떼어줄 테니 고글을 벗어. 어때?"

마리가 내게 가까이 다가와 물었다. 나는 테디와 마리를 향해 할 수 있는 한 최대로 눈을 부라렸다.

"안 통할 거야. 더 세게!"

마리의 외침에 테디는 눈 하나 깜짝하지 않고 내 뒤통수에 채찍을 후려쳤다. 엄청난 굉음에 눈앞이 흐려졌다. 그 순간 부적이 살짝 떼어졌고 입술이 미세하게 움직였다. 나는 있는 힘껏 입술을 움직여 시를 읊었다.

"어머니가 돌아가셨을 때 난 아주 어렸다. 아버지는 나를 팔았다. 내 혀가 뚝! 뚝! 뚝! 소리를 제대로 내지 못했을 때였다. 그래서 난 굴뚝 청소를 하고 검댕 속에서 잔다."

시를 외울 때는 눈치채지 못했다. 하지만 이제는 안다. 나는 누구보다 이 시를 읊을 자격이 되는 사람이다. 푸하하하. 내 말에 요스케가 참지 못하고 웃음을 터트렸다. 마리와 테디는 맥락 없이 폭소하는 요스케를 황당한 얼굴로 바라봤다. 나는 멈추지 않았다.

"톰 데이커라는 꼬마가 있는데, 양털처럼 곱슬곱슬한 머리카락이 잘릴 때 울었어. 울지 마! 톰. 신경 꺼. 머리카락이 없으면 네 허연 머리카락이 검댕에 더럽혀질 일도 없잖아."

요스케는 이제 배꼽을 움켜잡고 바닥을 구르며 웃기 시작했다. 요스케의 손에서 떨어진 수류탄이 저편으로 굴러갔다.

"모두 검은 관 속에 갇혀 있는 게 아니겠는가! 그런데 황금 열쇠를 가지고 온 천사가 관을 열고 다 밖으로 나오게 해주었다. 안 그래요? 가브리엘?"

나는 요스케를 똑바로 바라보았다. 요스케는 너무 웃어서 눈물이 맺힌 눈가를 닦아내더니 크크큭 한참을 더 웃었다. 그사이 요스케의 검은 눈동자가 서서히 은빛으로 변했고, 레게 머리도 가늘고 풍성한 은빛 머리칼로 바뀌었다. 그리고 등에서 뼈 부서지는 소리와 함께 날개가 튀어나왔다.

"톰, 닉, 조, 네드, 잭까지 다 검댕이 굴뚝 청소부가 되다니. 푸하하. 거기가 내가 가장 좋아하는 파트예요. 으하하하하."

가브리엘이 폭소하는 동안 내 이마에 붙어 있던 부적이 불꽃을 내며 연기와 함께 사라졌다. 마리와 테디는 상황을 파악하느라 가브리엘에게서 시선을 떼지 못했다. 가브리엘로부터 퍼져 나온 빛은 일순간 방 안을 가득 채웠고, 시간이 멈춘 듯 누구도 섣불리 움직이지 않았다. 그 위엄 있는 모습에 나는 저절로 가브리엘 앞에 무릎을 꿇었다.

"신탁을 받고 싶어요. 사엘이 있는 곳은 어디인가요?"

"내가 왜 말해줘야 하지?"

나는 떨리는 목소리로 절박하게 말했다.

"대천사님, 저에게는 인생을 바꿀 만한 일자리가 필요해요. 굴뚝 청소부를 하는 애들의 가족 가운데 누구라도 제대로 된 일을 하고 있었다면, 단 한 명이라도 애들을 책임질 수 있었다면. 그 애들이 그렇게 검댕을 묻혀가며 굴뚝 청소를 하진 않았겠죠. 그들은 다 죽을 거예요. 그런 노동에 시달린 어린아이들의 몸이 멀쩡하겠어요? 나는 그 사실이 웃겨요. 인간이 할 수 있는 일이… 그런 일밖에 없다는 게. 하하하. 진짜 웃겨요. 진짜."

이상하게도 진심으로 웃음이 나왔다. 내 말보다 그 웃음이 가브리엘을 움직인 걸까? 그가 속삭였다.

"0번 방은 이 공장 안에 없어."

그때 마리가 뒤에서 채찍으로 내 목을 졸랐다.

"로그아웃하라고! 널 위해서야! 넌 선화가 어떤 곳인지 몰라! 우릴 믿어. 저 천사 말고!"

가브리엘은 이 모든 걸 그저 바라만 보았다. 나는 숨을 헐떡거리며 안주머니에서 권총을 꺼냈다. 탕! 탕! 탕! 스윽 채찍이 풀렸다. 돌아보니 마리가 오른팔을 움켜쥐고 쓰러질 듯 휘청거렸다. 그 모습에 테디가 나를 향해 다가왔다. 나는 제대로 사격 자세를 취하고 그를 쐈다. 테디는 그 자리에서 바로 쓰러졌다. 테디는 미동도 없이 멍한 눈빛으로 천장을 응시하다가 서서히 사라졌다. 비틀거리던 마리도 이내 사라졌다. 모두 로그아웃되었다.

방에는 이제 즐거운 구경을 마쳤다는 듯 옅은 미소를 짓는 가브리엘과 나뿐이었다.

"그럼 어디에 있다는 거죠?"

"하늘."

나는 밖으로 나갔다. 아까와는 달리 1층은 고요했고 한기가 느껴졌다. 로그아웃된 사람들이 많아진 거 같았다. 나는 서둘러 위로 올랐다. 마지막 층에 난 철문을 열어 옥상으로 나갔다. 옥상에는 낮게 깔린 안개뿐이다. 여기가 끝이다. 한참을 고개를 젖혀 두리번거리는데 저 멀리 허공에 성냥갑 같은 작은 상자가 보였다. 저게 0번 방이구나. 나는 난간 아래를 내려다보았다. 건물 입구에 하얀 알 같은 게 보였다.

"미카엘!"

내 외침에 미카엘이 살짝 얼굴을 들었다. 현실에선 아무짝에도 쓸모없던 천사도감의 한 줄이 떠올랐다. '아무리 싸가지 없는 천사도, 아무리 멀리 있는 천사도 자기 이름을 들으면 반응한다.'

"여기요! 옥상으로 와줘요!"

미카엘은 거부한다는 듯 날개에 얼굴을 파묻었다. 그리고 우삼의 팁도 떠올랐다. '천사는 절박한 인간의 부탁을 인생을 통틀어 단 한 번은 들어준다.'

"미카엘! 여기로 올라와줘요! 날 하늘로 데려다줘요!"

다시 외쳤다. 다른 참가자들이 듣든 말든 신경 쓰지 않았다. 최대한 빨리 저 위로 올라가야 했다. 미카엘은 이번에도 꿈쩍하지 않았다. 나는 손바닥을 입 가까이로 모아 더 큰 소리로 외쳤다.

"미카엘! 날 하늘로 올려줘요. 부탁해요!"

그제야 미카엘이 두 날개를 펴고는 여러 번 펄럭거렸다. 그러고는 단숨에 옥상 난간까지 올라왔다.

"날 올려줘요. 저 위로."

나는 권총으로 허공에 떠 있는 방을 가리켰다.

"이건 천사에게 부탁하는 건가요?"

미카엘이 진중하게 물었다.

"네."

"단 한 번의 기회를 낭비할 수도 있는데?"

"지금 들어주세요."

내 말에 미카엘이 말했다.

"뒤로 돌아요."

나는 그에게 등을 보이고 서서 권총을 양복 안주머니에 깊숙이 집어넣었다. 미카엘은 내 가슴팍을 두 손으로 안아 빠르게 날갯짓을 시작했다. 날개에서 불어오는 바람이 제법 셌는데 왜인지 달콤한 냄새가 나 긴장된 마음이 가라앉았다. 이윽고 내 발이 서서히 바닥에서 떨어졌다. 나는 최대한 힘을 빼고 미카엘과 한 몸이 된 것처럼 날아오르는 감각을 느꼈다. 힘을 주면 천사의 날갯짓에 방해가 될 것 같았다.

펄럭- 펄럭- 펄럭-

얼마쯤 허공에 떠 있었을까. 이내 미카엘이 속도를 높여 로켓처럼 날아올랐다. 바람이 나를 빠르게 스칠수록 숨이 막혔다. 입은 꾹 다물고 코로 호흡을 유지하려 애썼다. 다시 눈을 떴을 때 공장은 이미 점처럼 작아져 있었다. 구름 속 수증기가 몸에 스며들었고 곳곳에 번개가 쳤다. 이렇게까지 멀었나, 생각하는데 곧이어 구름 사이로 육중한 콘크리트가 보였다.

"저기요! 저기로 가요!"

미카엘이 서서히 속도를 늦추고 콘크리트 앞에서 정지 비행을 했다. 손을 뻗어 문고리를 잡았다. 얼음처럼 차가운 문고리를 돌리자 특유의 쇳소리와 함께 내부에서 환한 빛이 쏟아졌다. 미카엘이 나를 안쪽으로 던지듯 밀어 넣었다. 나는 후들거리는 다리와 호흡을 진정시키며 방 안을 살폈다. 다섯 평쯤 되는 방은 허공에 떠 있어 간헐적으로 흔들렸는데 기찻길 앞에서 산 경력 탓에 이 정도 흔들림은 익숙했다.

방에 홀로 앉아 있는 사엘이 보였다. 그를 본 첫인상은 빛, 그야말로 빛이었다. 사엘은 하얀 피부에 은빛 머리카락을 길게 늘어뜨리고 두 눈을 하얀 천으로 가리고 있었다. 몸은 전부 베이지 색 천으로 가려져 있어 날개는 보이지 않았다.

"안녕하세요."

얼떨떨하게 건넨 인사에 사엘이 고개를 살짝 내렸다 올렸다. 작은 몸짓에서도 사엘 특유의 우아함이 느껴졌다. 의자에 앉은 채 미동도 없던 사엘이 나를 향해 손짓했다.

"신탁을 받으러 왔습니다."

하얀 천으로 가려진 사엘의 얼굴이 가볍게 흔들렸다. 나 역시 다른 도전자들과 마찬가지로 실패할 거라고 확신하는 듯했다. 나는 사엘을 뚫어지게 바라보며 말했다.

"신탁을 받고 싶어요."

"정말입니까?"

"네."

사엘은 마지막 경고를 하듯 물었다.

"한번 내린 신탁을 절대 무를 수는 없습니다."

"저에게 주어진 신탁을 있는 그대로 받아들일 겁니다.

저는 견디고 지키는 자입니다."

사엘이 감춰뒀던 날개를 펼쳤다. 생각보다 더 거대하고, 더 거센 빛을 발하는 날개였다. 나는 두 눈을 질끈 감고 바닥으로 바짝 엎드렸다. 얼마나 지났을까. 사엘이 서서히 날개를 접자 그 뒤로 누군가 나타났다. 화린이었다. 도대체 어떻게… 여기에 화린이 있는 거지. 화린이 퀭한 눈으로 내게 다가왔다. 나처럼 화린도 나이를 먹었다.

"화린아…."

"오빠, 내가 바로 오빠의 신탁이야."

"뭐?"

우삼이 왜 동생에 대해 물었는지 이제야 알 거 같다. 내가 받을 신탁이 동생과 관계가 있을 거라고 눈치챘던 거다.

"곧 오빠의 새끼손가락엔 어떤 표식도 보이지 않을 거야. 오빠는 천사가 될 거고, 나는 천사의 먹이가 되지만 그래도 아름다운 곳으로 갈 거야."

"먹이가 된다고? 그게 무슨 끔찍한 소리야. 화린아 왜 그래?"

내 말에 화린은 실소를 터트렸다.

"그럼 그때 왜 날 설득하지 않았어?"

나는 화린이 말하는 그때가 언제인지 바로 알 수 있었다. 그래서 아무 말도 할 수 없었다.

"오빠는 언제나 알고 있었잖아. 내가 어디에 있는지. 그런데 왜 사람들한테 거짓말했어? 우리가 새끼손가락에 넣은 건 사실 위치추적기잖아. 감정이니 살아 있는 거니 그런 건 그냥 부차적인 거고. 내가 어디에 있는지 알 수 있었잖아. 그래서 날 찾아왔잖아. 그때 내 몰골을 보고 앞이 캄캄했어? 그렇게 부담스러웠어? 비열한 새끼."

나는 그대로 얼어버렸다. 더 이상 눈물도 나오지 않았다. 나는 누구에게도 이 이야기를 한 적이 없다. 심지어 기록을 남긴 적도 없다. 생각조차 하지 않으려고 했다. 그날 해수관음상 앞에서 사부에게 거기까지 말하지 않은 것도 혹시 기록으로 남겨질까 봐서였다. 그런데 지금 내 앞에 있는 화린이 모든 걸 알고 있다. 나와 동생만이 아는 이야기를.

십 년 전 나는 화린이 속한 가출팸을 찾아갔다. 그때 화린은 150킬로그램이 넘는 거구가 돼 있었다. 동생은 거동조차 힘들어 보였고 가출팸 대부분이 그런 모습이었다. 이들은 기본소득 실험에서 낙방한 청소년 집단이었다. 그들은 사회의 일원이 되는 걸 포기하고 그 기준과 딱 반대로 행동했다. 무차별하게 먹으며 인간이 생태계 최고의 포식자라고 주장했다. 처음엔 그 외침이 절박하게 들렸다. 그런데 변해버린 화린의 모습과 마주하자 둘이 함께 살아가야 한다는 사실이 갑갑하게 느껴졌다.

"오빠, 우린 오래전부터 고아였어. 그래도 괜찮아. 내 심장은 언제나 오빠의 새끼손가락에서 뛸 거고, 오빠의 심장은 내 새끼손가락에서 뛸 거니까."

"내가 슈퍼리그에 통과하면 널 데리러 올게."

열일곱 살의 나는 화린에게 그렇게 말했다.

"오빠, 기대보다 나쁜 건 없어. 약속하지 마. 아무것도."

그게 당시 화린이 한 마지막 말이었다. 나는 두 귀를 막았다. 더 이상 참을 수가 없었다. 맞다. 나는 오래전 내 동생, 서화린을 가출팸에 버리고 왔다.

우리는 외할머니 손에서 자랐다. 외할머니마저 돌아가시고, 당시 미성년이었던 우리가 월세 보조를 받으며 살 수 있는 건물은 그 작은 캡슐집뿐이었다. 우리는 사회보조금을 받으며 근근이 살았다. 나와 화린은 서로가 서로에게 보호자가 될 수 있을 줄 알았지만, 그건 상대가 정상일 때에만 겨우 가능한 일이었다. 당시 화린은 확실히 망가져 있었고 우리에겐 앞으로 더 망가질 일만 남아 있었다. 그건 열일곱 살이었던 나도 어렵지 않게 눈치챌 수 있는 거였다. 화린이 부담이 될 거라는 걸 감지하는 순간, 나는 동생을 그곳에 내버려두기로 했다.

나의 가장 어두운 곳을 들킨 기분, 내 과거의 구석구석을 관통하는 운명과 마주한 기분.

"오빠는 천사가 되고 싶어?"

165

"아니, 난 그저 슈퍼리그에서 이기고 싶은 거야."

"거기서 이기면 날 데려올 수 없는데도? 오빠는 그저 이기고 싶은 거잖아."

"거기서 이겨야지만 널 데려올 수 있어."

"오빠, 여기선 거짓말하면 안 돼."

나는 입술을 깨물며 화린을 봤다. 우리 둘 다 마지막으로 본 모습보다 더 엉망이었다. 아무것도 하지 않으면 이렇게 더 망가지기만 할 텐데. 그러니까 나는 이 리그에서 반드시 이겨야만 했다. 내가 여기까지 어떻게 왔는데.

"화린아, 난 무슨 짓을 해서라도 이기고 싶어. 단 한 번이라도."

내 말에 화린은 기묘하리만큼 따뜻한 미소를 보였다.

"신탁을 받으려면 날 제물로 바쳐야 해."

"뭐?"

그제야 나는 무기의 의미 그리고 우삼의 트레이닝이 이해가 되었다. 나는 화린을 직접 죽여 제물로 바쳐야 했다. 신탁을 위해 화린을 쏠 것인가, 이 자리에서 도망칠 것인가. 내가 선택할 수 있는 건 둘 중 하나뿐이다.

나는 안주머니에서 총을 꺼냈다. 화린의 이마를 향해 조준했다. 너무 가깝다.

탕!

화린의 머리통이 피와 함께 터졌다. 다리가 후들거리더

166

니 바닥으로 툭 무릎이 꺾였다. 나는 화린에게 다가가 심장 쪽에 손을 대었다. 아무것도 느껴지지 않았다. 바닥에서 끈적끈적한 핏물이 올라오기 시작했다. 다리에 핏물의 끈적한 농도와 미적지근한 온도가 느껴졌다. 구역질이 올라왔는데 나 자신 때문인지, 핏물 때문인지 알 수 없었다. 권총만이 아니라 내 몸도 온통 피범벅이었다.

방금 전까지 무슨 일이 일어난 건지 전혀 실감이 나지 않았다. 정신줄을 놓으면 로그아웃이 될 거다. 나는 눈물이 맺힌 채로 내 뺨을 세게 때리고 또 때렸다. 그 순간 사엘의 눈가를 감싼 천이 스르륵 풀렸다. 사엘이 눈을 떴다.

"서만주는 천사가 되고, 동생 서화린은 죽음을 맞이합니다. 그리고 서화린은 천사의 먹이가 되어 아름다운 곳으로 갑니다. 신탁을 받아들이겠습니까?"

겨우 이런 모호하고 잔혹한 몇 마디를 듣기 위해 이 짓을 해야 했던 건가. 나는 떨리는 목소리로 대답했다.

"네, 받아들이겠습니다."

사엘의 가슴팍에서 황금 열쇠가 튀어나와 내 코앞에 멈췄다. 나는 손에 쥔 열쇠의 금속 재질을 느끼며 그대로 고글을 벗었다.


손바닥을 펴보았다. 황금 열쇠는 없지만 나는 알 수 있었다. 내가 2차를 통과했다는 사실을. 열쇠를 쥔 손의 감각이 아직도 생생했다. 링 아래서 사람들이 나를 올려다 보고 있다. 그중에는 수산나도 보였다. 지금까지 링 위에 있는 사람은 나뿐이었다. 스마일이 정신없이 내 주위를 맴돌고 누군가가 나에게 소리쳤다.

"이봐요! 지금⋯ 2차를 통과한 거예요?"

가쁜 숨을 내쉬다 나도 모르게 고개를 끄덕였다. 일순간 정적이 깔렸다. 눈앞에 2차 합격자가 있다는 사실을 받아들이기 힘든 표정들, 부러움과 경외감이 뒤섞인 얼굴에서 왜 너는 되고 나는 아닌가, 하는 소리가 들리는 것만 같았다. 수산나만 소리 없는 박수를 치고 있었다.

나는 애써 태연한 척 아래로 내려갔다. 사람들은 내가 입은 슈트와 손에 든 고글에서 눈을 떼지 못했다. 나는 재빨리 가방에 고글을 집어넣었다. '거봐, 무토를 가지고 있잖아'라며 수군거리는 소리가 들려왔다. 나는 그대로 링장을 빠져나왔다.

# 3차

집에 다다르면서부터 점점 실감이 나기 시작했다. 내가 3차를 볼 자격을 갖게 된 거다. 평소라면 노크부터 했을 테지만 오늘은 예외다. 나는 집에 오자마자 장롱 문부터 벌컥 열었다. 쿠에게 냅다 통과했다고 소리쳤다.

"축하해."

갑작스러운 내 등장에도 쿠는 덤덤하게 축하를 건넸다. 난 그런 쿠의 축하가 좋았다. 곧이어 기차가 지나가 집이 덜컹거렸다. 나는 진동을 느끼며 아까까지 내가 서 있던 콘크리트 방을 떠올렸다. 생각하지 않으려고 해도 콘크리트 방에서의 떨림이 여전히 느껴졌다.

오른손을 펼쳐 보았다. 총을 쏜 느낌이 생생했다. 그리고 신탁을 받던 순간 보았던 화린의 얼굴과 피범벅이 된

바닥, 리그러들의 공격과 그들의 이해할 수 없는 말들까지. 앞으로 3차에서는 무슨 일이 벌어질까. 이 모든 걸 우삼과 나누고 싶었다. 나는 서둘러 고글을 쓰고 허공에 뜬 공 모양 아이콘을 눌렀다.

나는 맨발로 수영복 팬티만 입은 채 조수석에 앉아 있다. 우삼은 나를 위아래로 훑어보더니 뒷좌석에서 담요를 꺼내 건넸다.

"복장이… 왜."

"만주 군, 축하하네."

따스하고 반가운 말투였다. 무토가 내 감정을 우삼에게 전달할 테니 말하지 않아도 알 거다. 우삼은 진심으로 기뻐 보였다.

"바로 3차를 준비해야 하니까."

우삼에게만큼은 2차에서 겪은 일을 모두 말하고 싶었지만… 그렇다, 당장 3차가 코앞이었다.

"3차에서는 수영복을 입어야 하나요?"

"만주 군이 물을 무서워하잖아. 3차는 오아시스 안으로 들어가야 하는데 물공포증이 있으면 불리해. 깊이 들어가야 할 거야."

모든 게 아득하게 느껴졌다. 3차 전에 물공포증을 치료할 수 있을까.

"일단 공포증이 어느 정도인지 알아야 해서."

서서히 조수석 의자가 뒤로 눕혀졌다.

"눈을 감아."

"벌써 하는 거예요?"

"놀라지 마. 지금은 그냥 테스트야. 공포의 강도만 보는 거야."

나는 질끈 눈을 감았다.

"다시 눈을 뜨면 바다가 보일 거야."

호흡을 내쉬고 눈을 뜨자 몸이 물에 잠겨 있다. 눈앞으로 색색의 열대어 무리가 나타나 내 코끝을 스치고 지나갔다. 온몸이 덜덜 떨려 소리를 지르고 싶었지만, 그마저도 할 수 없었다. 도저히 입을 벌릴 수가 없었다.

"잔잔한 열대 바다로 시작했는데."

우삼의 목소리를 듣는 순간 밭은 숨이 터져 나왔다.

"공포의 강도가 상당히 높네. 이 상태로 3차는 어려워."

"어쩌죠?"

"오늘은 푹 쉬고 내일 바로 트레이닝을 시작하자."

우삼은 내 몸에서 전해지는 공포감을 흡수하기라도 한 듯 동요했다. 나는 고개를 끄덕였다. 압박감 때문인지 급격히 피곤이 몰려왔다. 나는 고글을 뺐다.


씻고 침대에 누워 천장을 바라보며 일렁이는 파도를 떠

올렸다. 삼산이었는네도 정말 숨이 막혔다. 여기까지 왔는데 어떻게 해야 할까. 당장이라도 잠들고 싶었지만 각성상태인 듯 쉬이 잠이 오지 않았다. 나는 살짝 열린 장롱 문틈으로 쿠를 불렀다.

"쿠, 저번에 최면을 건다고 했잖아."

쿠가 장롱 문을 열고 나를 바라보았다.

"잘해?"

"최면술사로 유명했지. 거리에서 사람들에게 최면을 걸어줬어. 그 자리에서 트라우마가 치료되었다는 사람들이 등장하면서 '거리의 쿠'라고도 불렸어."

역시 쿠의 허세는 나를 미소 짓게 했다.

"그럼 최면으로 기억을 지울 수도 있어?"

"기억을?"

"내가 물공포증이 있는데 혹시 그 기억을 지우면 없어질까 해서."

"글쎄, 너는 인공지능도 아니고. 지운다고 지워지려나. 한번 해볼게. 호흡을 깊게 내쉬어야 해."

나는 호흡을 깊게 내쉬고 뱉었다. 쿠가 천천히 숫자를 세기 시작했다.

"10, 9, 8, 7, 6, 5, 4… 흠, 나 그만할래."

"뭐? 장난치지 말고. 나 심각해."

"최면에 걸리려면 상대를 믿어야 하는데 너는 나를 믿

지 않잖아."

"무슨 소리야! 난 널 믿거든?"

"아냐, 너는 우삼이보다도 나를 안 믿어."

뭐라 반박하고 싶었지만 사부는 진심으로 쿠를 믿었을 것만 같아 말문이 막혔다. 쿠가 다시 진지한 투로 말했다.

"만주, 우삼을 너무 믿지 마."

"어느 우삼?"

"운전사 우삼."

"왜?"

"그 사람 3차에 대해서 잘 모르는 거 같던데."

"그게 무슨 소리야. 그는 다 알아."

"너는 인공지능이 하는 말을 믿어?"

쿠에게 우삼은 그저 가상에서 형체를 가진 홀로그램일 뿐이었다.

"정말 궁금한 게 생기면 마더하우스의 우삼에게 물어. 인간끼리는 아무래도 직감이란 게 발동하지 않아?"

또 한 번 기차가 요란하게 지나갔고 나는 가만히 그 진동에 몸을 맡겼다. 혹시 나도 모르는 새 쿠가 최면을 걸어버린 게 아닐까 싶을 정도로 급속도로 곯아떨어졌다. 꿈에서 내 새끼손가락이 잘려나갔다. 동시에 화린의 심장 소리도 더 이상 느낄 수 없었다.

놀란 마음에 눈을 떴을 때 방 안으로 햇살이 내리쬐고

있었다. 다행히 새끼손가락에서 반짝이는 하트가 보였다. 안도의 숨을 내쉬는데 방 한가운데에 홀로그램 편지가 떠 있었다. 편지 모양의 홀로그램에 손가락을 가져다 대니 봉투가 열리면서 글자들이 밖으로 튀어나왔다.

3차 공지
내일 오전 10시에 리그가 시작됩니다.
가장 가까운 선화그룹 로봇 재활용 공장
0번 방으로 들어가세요.

눈을 비비고 다시 메시지를 보았다. 0번 방? 거기서 3차를 본다고? 그때 현관문에서 노크 소리가 들렸다. 나는 급히 셔츠와 청바지를 꺼내 입었다. 감시경 너머로 단발머리를 한 사람이 보였다.

"누구세요?"

"서만주 씨 맞으시죠?"

발랄한 목소리가 현관문 너머에서 되물었다.

"누구신데요?"

"저 스마일 링 장에서 왔습니다. 링 장 주인입니다."

링 장을 대여할 때 저장된 집 주소가 전달된 모양이었다. 나는 걸쇠를 건 채 현관문을 열었다. 회색 정장을 입은 이십 대 여성이 서 있다.

"상금을 전달하러 왔어요."

잊고 있었다. 2차를 통과하면 준다던 상금 얘기였다. 나는 일단 걸쇠를 풀었다. 많아야 스무 살 정도로 보이는데 주인이라니. 로봇과 아바타 홀로그램을 운영자로 두고 링장을 소유한 어린 건물주나 땅 주인 들이 많다고 들었는데 실제로 본 건 처음이었다.

"돈을 제가 직접 입금해야 해서요."

어차피 입금할 돈 아닌가. 하지만 돈을 주겠다는 사람을 가라고 할 순 없는 노릇이었다.

"잠시 들어가도 될까요?"

나는 먼저 장롱 문을 닫아 쿠를 가렸다. 낯선 손님에게 쿠까지 노출시키는 건 아무래도 위험했다.

"그런데 집이 정말 작아서…."

내가 몸을 비키자 여자는 금세 안으로 들어와 앉았다.

"링링이라고 불러주세요. 다들 그렇게 불러요."

과하게 밝은 말투였다. 한 명이 더 오니 집이 꽉 찼다. 나는 앉아 있는 링링을 피해 겨우 간이 냉장고 문을 열었다. 그래도 집에 온 손님이라 하나 남은 캔음료를 꺼내 내밀었다.

"드릴 게 이거밖에 없네요."

여자는 음료를 받아 들고는 한 모금 마셨다.

"그럼 이제 3차에 가시겠네요?"

175

"네."

"우와. 어쩜! 너무너무 대단해요. 저는 2차를 넘어본 적이 없어서."

링링의 호들갑에 왜인지 불편한 마음이 일었다. 돈만 받으면 바로 내보내고 싶었다.

"링 장 주인인데도 슈퍼리그에 참여하는군요. 그럼 이제 입금을…."

그가 재빠르게 내 말을 가로막았다.

"다른 이유도 있죠."

나는 그 이유를 단박에 알아챘다.

"당신 리그러군요."

내 말에 링링이 요란스럽게 웃었다. 애초에 숨길 생각은 없었다는 듯이.

"역시 우리 만주 씨 눈치가 빠르시네요."

나는 2차에서 만났던 리그러들이 떠올라 당장이라도 그를 내쫓고 싶었다.

"2차에서 만난 리그러들이 날 마구 때렸어요. 나를 위한 거라면서…."

"로그아웃시키려 했겠죠? 나는 그들과 달라요."

"다르다고요? 리그러면 다 같은 거 아닌가요?"

"그들이 한 명이라도 더 살리네 어쩌네 그랬죠?"

링링은 그들에 대해 잘 알고 있는 듯 보였다.

"그들은 선화의 슈퍼리그 자체를 반대하는 집단이에요."

"당신은 어느 쪽인데요?"

"굳이 말하자면 저는 즐기는 쪽이죠. 그렇게 인상 쓸 만큼 나쁜 사람은 아니에요."

그제야 나는 내 인적사항과 슈퍼리그 통과 여부를 링장에 공유하겠다고 한 서약이 얼마나 순진한 행동이었는지 깨달았다. 노골적으로 불쾌감을 드러내는 내 표정에도 링링은 여전히 쾌활한 미소를 지으며 나를 바라보았다. 1차에만 있을 땐 몰랐던 세계가 이제 막 눈앞에 펼쳐지기 시작했다.

"우리 스마일 링 장에서 2차 통과자는 처음이에요. 얼마나 자랑스러운지…."

"그럼 곧 제 정보도 공유하시겠네요? 아니, 이미 공유하셨나요?"

"호호호. 일단 상금 먼저 받으시고!"

링링이 왼 손바닥을 펼치자 엄지손가락 첫 번째 마디에서 초록빛이 깜박거렸다.

"받으시죠."

나는 그 위에 내 엄지손가락을 댔다. 그러자 허공에서 홀로그램 돼지 저금통이 나타나 그 속에서 지폐가 쏟아져 나왔다. 겉으로 아무렇지 않은 척했지만 내심 기뻤다. 스팸택시 일을 만회하고도 남을 금액이었다.

"그런데 만주 씨, 이 돈의 백 배도 넘게 드릴 수 있어요. 원하면 영 하나 더 붙여 드릴 수도 있지요."

백 배? 그건 내가 체감할 수도 없는 금액이었다.

"제게 3차를 넘기면 어때요?"

목적은 이거였구나. 정신을 똑바로 차려야 한다.

"그걸 받는다고 링링 님이 이길 수 있을까요? 제가 이 전에 겪은 리그를 모른다면 3차는 통과할 수 없어요."

링링의 입꼬리는 여전히 올라가 있지만 눈빛은 냉랭하게 변했다.

"과연 그럴까요? 그래요, 나는 태어난 순간부터 부족함이란 모르고 살았죠. 가상현실 기기도 항상 가장 좋은 걸 썼어요. 그래서…."

링링은 갑자기 말을 멈추고는 목이 타는지 음료를 집어 단숨에 마셨다.

"나 같은 리그러들은 상대적으로 빨리 2차에 진입해요. 그만큼 신탁을 받은 경험도 많아지죠. 서만주 씨도 신탁을 받았죠?"

"네."

"그게 정말 일어납니다. 현실에서. 신탁을 받은 리그러들의 커뮤니티는 따로 있어요. 우리는 신탁을 바꾸기 위해서 매번 2차를 반복했어요. 그런데 한번 받은 신탁은 절대 바뀌지도 삭제되지도 않아요. 그 신탁이 현실에서 완성되기 전까지는.”

“신탁의 완성이요?”

“그 내용이 현실에서 모두 실현되는 순간 말이에요.”

“그럼 뭐 어떻게 되는데요?”

나는 거짓말하지 말라는 얼굴로 되물었다.

“천사가 되는 거죠.”

“어떻게 사람이 천사가 됩니까? 좀 상식적인 말을 하세요.”

상식이라. 링링이 중얼거리며 쓸쓸한 미소를 지었다.

“나는 직접 봤어요. 슈퍼리그에 통과한 언니가 천사가 돼 나타난 걸. 나 말고도 리그러 중에 직접 목격한 사람이 꽤 있어요.”

지금도 내 새끼손가락에는 불빛이 깜박거리고 있다. 내일이면 3차다. 더 이상 부자들이 하는 헛소리에 시간을 낭비하고 싶지 않다.

“이제 돌아가주세요. 부탁드립니다.”

“결국 당신도 믿게 될 거예요. 리그를 계속하는 한. 명심하세요.”

링링은 가만히 일어나 나갔다. 제법 큰 소리로 문이 닫혔다. 기다렸다는 듯이 장롱 문이 열렸다.

“잠깐 도망가는 게 어때? 여기 위치도 알잖아. 대체 무

179

슨 정보를 막 퍼준 거야?"

쿠의 핀잔에 마음이 더 불안해졌다. 일단 여기를 떠나
있어야 했다. 3차가 끝날 때까지만이라도.

"몇 배나 부풀려서 상금을 준다니까 그랬지."

그 순간 쿠의 몸이 눈에 들어왔다. 평소에도 알고는 있
었지만, 팔다리가 으스러진 쿠의 모습이 오늘따라 유독
마음에 걸렸다.

"일단 네 몸부터 고치자."

쿠가 잠시 화면에 당황하는 땀방울 표시를 마구 보이더
니 몸체를 부르르 떨었다.

"날 다시 재활용 공장에 넣는 거야?"

"아니! 널 고치겠다고."

"뭐, 어떻게?"

"방금 돈 생겼잖아. 내 정보를 준 대가로."

쿠의 얼굴에 뜬 무표정한 이모티콘을 보는데 쿠를 고치
는 데 내가 가진 전부를 써도 괜찮지 않을까, 하는 마음이
들었다.

"그렇게 보지 마. 아! 그리고 너는 미등록이라 인간이
고쳐주는 공식 센터는 못 갈 거야."

쿠는 상관없다는 듯 연신 고개를 끄덕였다. 재활용이
만료된 로봇을 고치면 고발을 당할 수도 있다. 그래서 로
봇이 스스로 자가 치료를 하거나, 로봇이 로봇을 고쳐주

는 '로봇 자가 치유 센터'로 가야 한다. 이곳은 법의 틈새에서 생긴 곳으로 의뢰인이 부품값과 공간 이용료, 이용 경비를 내면 된다.

"완전 새것처럼은 어렵겠지만 네가 스스로 걷고 두 손을 움직일 수 있게 고치자."

"고마워⋯."

쿠가 처음으로 고맙다고 말했다. 로봇치곤 참 고맙다는 말을 안 하는 로봇이다. 어쩌면 그래서 내가 쿠에게 더 끌렸던 걸까. 나는 손가락을 허공에 튕겨 센터로 전화를 걸었다. 쿠를 데리러 올 무인트럭을 신청하고, 쿠에게서 치료에 필요한 부품과 장비 목록을 받아 전달한 뒤 공간 사용료와 부품 비용을 미리 결제했다. 그렇게 손가락을 몇 번 더 튕기자 돈은 다시 이전 잔고와 비슷해졌다. 그런데도 마음이 좋았다. 잔고가 바닥을 보일 때마다 느꼈던 불안감과는 정반대였다.

돈은 누군가를 살릴 수 있구나, 나는 슬쩍 새끼손가락을 보았다. 돈이 있으면 제대로 살 수 있다. 뭐가 됐든 3차는 반드시 견뎌야 한다. 모든 절차가 끝나자 20분 뒤에 무인트럭이 도착할 거라는 메시지가 왔다. 나는 고글과 슈트를 가방에 챙겼다.

"만주는 어디로 가?"

"나는 로봇 재활용 공장으로 가. 0번 방으로."

"뭐? 왜?"

"거기서 3차를 본대. 너 0번 방을 알아?"

"아니, 나도 몰라. 거기서 뭘 재활용하는지는."

로봇들도 모르는 0번 방의 실체는 대체 뭘까. 내 표정을 본 쿠가 걱정스럽게 물었다.

"괜찮은 거야?"

"그럼! 3차를 보러 가는 건데. 당연히 괜찮지. 빨리 움직이자. 벌써 거머리들이 몰려오고 있는 거 같아."

나는 쿠를 들고 서둘러 계단을 내려갔다. 우리는 집 앞에서 무인트럭을 기다렸다. 하늘은 흔하지 않게 파랬다. 사계절이 사라진 지금이었지만 꼭 여름처럼 느껴졌다.

"그거 알아? 원래 여름에는 매미가 울었대. 매미 우는 소리 한번 들어보고 싶다."

"가상현실에서 듣지 않았어?"

쿠가 의아한 듯 물었다.

"아니, 어디서 들을 수 있어?"

이제 현실에 없는 건 가상현실에 있다.

"레트로 시리즈에 있을걸."

"역시 비싼 곳은 다르구나. 거기는 입장하는 순간부터 다 돈이잖아."

"그치. 거기에 추억 기증자가 그렇게 많대."

"추억이라. 옛날 사람들은 참 여유 있다니까."

잠시 캡슐집 뒤로 지나가는 기차 소리에 묻혀 서로의 말이 들리지 않았다. 모든 게 발전되었는데 기차 소리는 왜 무음 모드가 안 되는 걸까. 눈앞의 파란 하늘과 팔다리가 부서진 쿠의 모습 그리고 슈퍼리그 3차를 앞둔 나까지 모든 게 이질적으로 느껴졌다. 지금 이 순간은 정말 현실이 맞는 걸까.

"쿠, 팔다리를 다시 움직이면 가장 하고 싶은 게 뭐야?"

기차가 다 지나가고 나서 내가 물었다.

"나는 연결될 수 없는 것과 연결되는 능력을 가지고 싶어."

가끔 쿠는 이렇게 다른 차원에 있는 것처럼 말했다.

"그런데 만주…."

"응?"

"최면이 걸린 자의 말을 전하면 원칙상 안 되는 건데 알다시피 난 버려진 몸이라 규칙 적용이 안 되니 말해도 되겠지?"

"쿠, 도대체 최면에서 무슨 이야기를 들은 거야?"

"레트로90에 있는 고슴도치섬에 가봐."

고슴도치섬이라니 웃기는 이름이었다. 시큰둥한 내 반응에도 쿠가 말을 이었다.

"그곳에 자물쇠를 걸어두는 곳이 있어. 거기서 우삼이라 적힌 보라색 자물쇠를 찾아. 비밀번호는 0621이래."

"야 야, 너 최면 걸어서 사부 개인정보 파낸 거야?"

그때 저 앞에서 골목을 도는 무인트럭이 보였다. 트럭은 우리에게 다가오며 헤드라이트를 깜박였다.

"3차 끝나면 다시 이야기해. 경기 끝나고 데리러 갈게. 거기 다른 로봇들 많다. 괜히 싸우지 말고 잘 지내고 있어."

나는 쿠를 안아서 짐칸에 올렸다. 곧 보자, 쿠. 나는 무인트럭이 보이지 않을 때까지 그곳에 서 있었다. 이제 경기 전까지 안전하게 있다 출전하는 일만 남았다. 나는 일단 기찻길과 반대 방향으로 무작정 걸었다. 부재 중 메시지가 여러 통 와 있었다. 수산나였다. 나는 메시지를 듣고 마더하우스로 향했다.

2059년 2월 11일(레트로90에 자동 저장된 기록)

청량리역에 도착하자 디플이 매표소에서 기차표를 내밀었다. 우리는 일제히 탑승구를 지나 플랫폼에 섰다. 경춘선이 보였다. 다들 아련해 보이는 얼굴이다. 나는 그들을 따라 기차에 올랐다. 창가 쪽 자리다. 기차가 출발하자 여기저기서 승객들이 환호성을 외치며 박수를 쳤다. 창밖으로는 아직 녹지 않은 눈이 보였다. 에쎄가 살짝 눈가를 훔쳤다. 저들이 그리워하는 건 어쩌면 이 감각이 아니었을까. 매끄럽게 달리는 것이 아닌 울퉁불퉁

한 길을 달리는 이 덜컹거림. 불현듯 낭만이라는 단어가 떠올랐다. 얼마나 사치스러운 시대였던가. 90년대는.

그때 옆에 앉은 디플이 워크맨을 내밀었다. 내가 가만히 들고만 있자 그가 버튼을 누르고는 내 오른쪽 귀에 이어폰을 꽂아줬다. 그러더니 내 표정을 살피는 게 느껴졌다.

"왜?"

"그거 알아? 김현철이 '춘천 가는 기차'를 춘천에 안 가보고 쓴 거래."

"아 그래, 신기하네."

내 대답에도 디플은 여전히 나를 살피는 듯 보였다.

"담배나 한 대 필까?"

나는 그를 따라 일어났다. 우리는 객차와 객차 사이에 난 공간으로 갔다. 디플이 기차 문을 열고 담배에 불을 붙였다. 빠르게 지나치는 풍경이 보였다. 그가 내게 담배 한 개비를 건넨다.

"아, 레종이 없네. 여기 90년대엔."

나는 디플을 받아 입에 물었다. 내가 평생 태워본 담배라곤 어릴 때 딱 한 번, 체스터필드뿐이었다.

"디플은 연기가 목 안으로 들어올 때 목구멍을 탁 치는 느낌이 좋아."

나는 디플이 건넨 라이터로 담배에 불을 붙였다.

"네 캐리어에는 뭐가 들은 거야?"

"이건 비밀인데…. 천사의 날개가 들었지."

"네 날개?"

"응."

"내가 내 날개를 잘랐거든."

디플이 갑자기 키득거렸다.

"진짜 또라이 새끼구나. 레종, 내가 지금 어디에 있게?"

"내 앞에 있잖아."

"맞아. 네 앞에 있어. 진짜 네 앞에."

그때 목 뒤에서 따끔거리는 느낌이 났다. 뜨거운 액체가 스며 나오는 게 느껴졌다. 디플이 열린 문 쪽으로 나를 확 밀쳤다. 갑작스러운 공격에 대항할 새도 없이 바닥으로 떨어져 나뒹굴었다. 굴러떨어지면서 깨달았다. 이들이 내 현실 위치를 알아냈구나.

아, 삐삐였구나. 삐삐. 나는 정신없이 구르다 기절했고 현실로 왔다.


어둑하고 차가운 폐허의 아파트 계단에서 노인들이 나를 바라보고 있다. 내 몸에 뭔가를 넣은 게 분명했다. 서서히 의식을 잃어가는데 대머리가 말했다.

"와, 이 새끼 봐. 무토를 가지고 있어. 재밌는 새끼네."


칼리의 방에 들어서자 여기저기 찢어진 시트와 깨진 유리 조각들이 보였다. 황당해하며 서 있는 내게 수산나가 다가왔다.

"왜 이 난리가 난 거예요?"

"증강현실 게임 중에 멸종동물원이라고 있잖아요."

타임머신을 타고 다니며 멸종 직전의 동물을 잡아 미래에 세워진 멸종동물원에 집어넣는 게임이다.

"여기서 판다가 나타났다고, 그거 잡겠다고 난리가 났어요. 사람들이 떼거지로 몰려들었는데 그때 파란 기린 침대가 뒤집히고 밟히는 바람에 상태가 악화됐어요."

나는 우삼의 침대로 다가가 옆에 앉았다.

"잘 지내셨어요?"

나는 점점 숨이 사라져가는 우삼 앞에서 무력한 인사말을 건넸다. 잠시 정적이 흘렀다.

"3차만 남았어요."

우삼은 아무 반응도 보이지 않는다. 나는 혹시나 하는 마음에 홀로그램 자판을 허공에 띄웠다. 이제 우삼은 미동조차 없었다. 나는 홀로그램 자판을 지웠다. 우삼이 이 상태로 며칠을 더 살아 있었다는 게 신통할 정도였다. 혹시 내가 슈퍼리그에 통과하는 걸 기다렸던 걸까. 수산나가 옆으로 다가와 앉았다.

"임종하시면 무연고자 장례로 파란 기린은 하느님 나라로 갈 겁니다. 그러니 형제님은 이제 가요."

"네?"

"3차 리그 준비 안 해요?"

나는 어쩌면 마지막일지도 모르는 우삼의 모습을 눈에 담은 채 서서히 자리에서 일어났다. 마더하우스에서 나와 얼마간 걷다 근처 등나무 아래로 갔다. 아무래도 우삼에게 물어보고 싶은 게 있었다. 가방에서 고글을 꺼내 썼다.

"레트로 시리즈."

나는 90이라고 적힌 문으로 들어간다. '고슴도치섬'이라고 말하자 어느새 나는 경비행장에 서 있다. 어디선가 기계음이 들린다. 격납고에는 빨간색과 노란색의 경비행기가 보였다. 조종사로 보이는 사람이 경비행기 바퀴를 닦고 있다. 나는 그에게 다가갔다.

"혹시 여기에 자물쇠를 걸어놓는 곳이 있나요?"

"아, 저기로 가면 방갈로가 보일 거예요. 방갈로 뒤쪽 철조망에 자물쇠가 엄청 걸려 있어요."

"방갈로가 뭔가요?"

"나무로 된 작은 집이에요. 보면 딱 알 거예요."

나는 남자가 말한 방향으로 걸어갔다. 전나무 숲을 걷다 보니 그의 말대로 방갈로가 보였다. 집 뒤쪽으로 가니 빼곡하게 걸린 자물쇠들이 눈에 들어왔다. 걸려 있는 자물쇠 가운데 보라색은 생각보다 많았다. 나는 자물쇠의 뒷면을 하나씩 들춰 보았다. 얼마나 지났을까. 우삼이라 적힌 자물쇠를 찾았다. 쿠가 말해줬던 비밀번호를 맞추자 자물쇠가 열렸다.

철조망에서 자물쇠를 빼내자 내 앞에 여러 개의 문이 나타났다. 나는 순서대로 문을 열고 닫으며 우삼이 레트로 시리즈에서 겪은 기억을 따라갔다. 저장된 기록은 2059년으로 지금으로부터 불과 일 년 전의 시간들이었다.

2059년 2월 11일(레트로90에서 자동 저장된 기록)

나는 목재로 된 작은 집에 앉아 있다. 디플, 에쎄, 디스, 말보로가 나를 에워싸고 있다.

"저 새끼 캐리어에 든 게 다 가상현실 기기들이야!"

디플이 고압적으로 소리쳤다.

"홀로그램 경찰한테 확인했어. 도난 신고 들어온 기기가 상당하대. 이 새끼 진짜 악질인 거 같아. 자기 신분 안 들키게 지문까지 다 지웠어. 지랑 같은 노인들만 쫓아다니면서 가상현실 기기 훔치는 그런. 딱 그 각이잖아."

에쎄가 큰 소리를 냈다.

"도대체 선화그룹에 대해서 뭐가 궁금했던 거야? 왜 우릴 쫓아다닌 거냐고? 우리 기기가 탐났어? 이미 훔친 것들로 충분하지 않아?"

말보로가 어이없다는 듯 말을 이었다.

"모르겠냐? 너희들. 얘 스페셜 에디션까지 가지고 있어. 도대

189

체 이걸 훔치려고 어떤 짓까지 한 거지? 이 에디션은 선화에 정규직으로 입사해야 받을 수 있는 거야. 혹시 사람까지 죽인 거아니야? 이런 무토 한번 가져보려고? 그러니까 신분을 다 숨겼겠지. 딱 보니 슈퍼리그에 미친 리그러잖아. 계속 리그만 파고파다가 돈 거잖아. 그래서 너 몇 차까지 해본 거냐?"

"3차⋯."

내 말에 디플이 기특하다는 듯 말했다.

"아주 많이 가셨네. 남의 것 훔쳐가면서. 하지만 끝까지 통과하지 못했지? 넌 뭣도 아닌 도둑 새끼잖아. 너 따위가 선화를 욕보여? 씨벌놈아."

현실에서 너무 맞았는지 입술이 움직이지 않았다. 하지만 그불명예는 벗고 싶었다. 나는 리그러가 아니다. 나는 세상 사람들에게 공평하게 천사가 될 기회를 주기 위해 준비 중이다.

"잠깐! 난 천사야."

"뭐?"

"아직 날개가 나지 않았지만, 곧 날개가 나올 거라고."

그들이 내 상의를 거칠게 벗겼다. 양 날갯죽지가 드러났다.

"이 등짝에서 날개가 나올 거라고?"

디플이 어이없다는 듯 물었다.

"그래."

내가 당당하게 대답하자, 자기들끼리 수군거리는 소리가 들렸다.

"요즘 선화그룹 취업 시험에 실패하면 양 날갯죽지를 갈라서 뭔가를 심는다던데…. 그걸 심으면 날개가 돋는다고? 그게 진짜란 말이야?"

"수술이야?"

"수술도 아니야. 그냥 가벼운 시술 같은 건데… 미친 애들이나 하는 짓인 줄 알았는데. 어이없네. 진짜."

"처음엔 나도 취업을 하고 싶었어. 가상현실 기기만 있으면 공평하게 다 된다고 하니까. 한 번도 큰 회사에서 일해본 적이 없었거든. 도전했는데 자꾸 떨어지더라고. 그런데 선화그룹 슈퍼리그는 특별했어. 하지만 모두가 리그를 통과할 순 없잖아. 리그를 통과하지 못해도 모두가 천사가 될 수 있는 팩을 만들고 싶었어. 나도, 사람들도…."

그다음은, 퍽! 퍽! 퍽! 처참하게 맞는 소리가 들렸다.

"아, 저 새끼 도망간다! 잡아. 저 새끼 잡아!"

나는 고글을 벗고 잠시 가만히 서 있었다. 우삼은 악착같이 슈퍼리그에 참가했으나 3차를 통과할 수 없었다. 아마 그때부터였을까. 그가 천사에 집착하게 된 것이? 3차에서 어떤 일이 있었기에 우삼은 자신의 날갯죽지를 갈라가며 천사가 되고 싶어 했을까.

나는 내 손에 든 고글을 바라봤다. 우삼은 이걸 가지기 위해 어떤 짓까지 한 걸까. 그 물음이 내 귓가를 떠나지 않았다. 하지만 3차가 코앞까지 다가왔다. 여기서 멈출 수는 없다. 도로 쪽으로 나가 아무 택시나 잡아탔다. 우삼의 택시 때문인지 이전보다 무인택시에 대한 공포감이 많이 나아졌다. 3차 전까지 어디에 있어야 할까. 나는 가방을 앞으로 껴안으며 창 너머를 보았다. 내부는 소리가 사라진 듯 한참이나 고요했다. 그러고 보니 이 무인택시는 정말 말이 없었다.

"무슨 사연이 있나요?"

질문에도 택시는 바로 대답하지 않았다.

"아, 저 말입니까?"

잠시 뒤 무인택시가 자기의 사연을 말하기 시작했다. 팔레스타인 난민 아이는 오빠를 따라 국경을 넘는 과정에서 몸은 브로커에게 팔리고 정신은 데이터화되어 무인택시가 되었다. 브로커들은 어차피 너희는 발 디디고 살 땅도 없는데 택시가 되는 편이 낫지 않겠냐고, 이마저도 기회가 있을 때 해야 한다고 남매를 꼬드겼다.

"저기, 사연 업데이트 좀 해야겠어요. 그거 꽤 뻔한 버전인데. 나 어릴 때 탔던 자동차도 비슷한 사연이었어요."

"그렇군요. 바꾸겠습니다."

무인택시는 멋쩍어하는 기색도 없이 입을 다물었다. 이 택시에게서 느껴지는 과묵함이 왠지 불편하게 다가왔다.

계속 타고 가기 위해서라도 확인이 필요했다.

"내려줄래요?"

"왜입니까?"

무인택시의 반문에 직감적으로 두려움이 엄습했다.

"내려줘. 지금 당장."

그 순간 택시의 모든 창이 바깥과 차단돼 아무것도 보이지 않았다.

"내려달라고!"

내 목소리가 커지자 택시는 오히려 속력을 높였다.

"너 뭐야?"

그때 스피커를 통해 여자의 목소리가 들려왔다.

"거참, 시끄럽네."

링링이었다.

"이제라도 나한테 3차를 넘겨. 돈은 말한 대로 줄 거야. 여기서 합의를 보자고."

"싫다면?"

나는 어두운 내부를 살피며 빠져나갈 동선을 궁리했다.

"그래? 그럼 널 고문해서 반쯤은 죽인 다음에 3차에 데려가면 되려나?"

링링은 언제부터 날 쫓고 있던 걸까. 순간 그가 우리 집에서 캔음료를 마신 사실이 떠올랐다. 링링의 침 속에 도청 장치가 있었을 확률이 높았다. 나는 가방끈을 조이고 바지에서 벨트를 풀어 한 손에 감았다. 벨트를 감은 손에 힘을 주고는 그대로 창문을 내려쳤다.

"경고! 멈추십시오."

무인택시는 속도를 줄이지 않았다. 탁! 탁! 탁! 나도 멈추지 않았다. 창에는 균열조차 가지 않았다. 오히려 금이 가는 건 내 팔목이다. 내가 노린 게 이거다. 스팸택시가 아닌 이상 일반 무인택시는 손님이 다칠 경우 안전조치를 제1의 원칙으로 한다.

"멈추지 마!"

링링이 무인택시에게 외쳤다. 나는 더 과격하게 창을 내려쳤다. 뼈가 부서지는 소리가 들렸다. 그 순간 철컥 소리와 함께 잠금이 풀렸다. 문을 열자 거센 바람에 눈을 뜨기가 힘들었다. 택시는 한강대교 한복판을 달리고 있었다. 무인택시가 차선을 넘나들며 지그재그로 운행하기 시작했다. 택시가 잠시 속도를 늦추는 순간 나는 바닥으로 몸을 내던졌다. 달리는 차들을 피해 겨우 갓길에 섰다. 내 쪽으로 몇몇 무인차들이 다급히 멈춰 섰다. 나를 따라오던 사람이 링링 하나만은 아니었다.

도망갈 곳이 없었다. 난간에 올라서는 순간 다리에 힘이 풀리면서 그대로 아래로 떨어졌다. 급류에 휩쓸려 정신을 잃었을 때 내가 있는 곳이 가상현실인지 꿈인지 확실치 않았다. 눈앞으로 광활한 우주 공간이 펼쳐졌다. 그곳에서 나는 우주를 유영하는 작은 모래알 같은 존재일 뿐이었다. 저편에서 화린이 보였다. 내가 가까이 다가가려고 할수록 화린은 저 멀리 빛 쪽으로 날아갔다.

눈을 떴을 때는 밤이었다. 나는 작은 모래사장에 누워 있었다. 오른팔에는 아무런 감각이 없었다. 내 위로 별독수리 무리가 보였다. 그들은 호시탐탐 나를 주시하며 지면 가까이서 느리게 날갯짓을 했다. 혹시 저들이 나를 물 밖으로 빼낸 걸까. 먹잇감이 필요했나…. 나는 다행히 아직 등에 붙어 있는 가방을 열었다. 무토는 물에 젖었지만 그 외에는 멀쩡해 보였다. 나는 슈트를 입고 고글을 썼다.

해변에는 아무도 없다. 다행히 무리 없이 접속된 것 같다. 나는 다이빙 슈트를 입고 있다. 아직 일출도 시작하기 전의 새벽이다. 해변에는 마스크와 스노클, 오리발, 호흡기 세트, 다이빙 탱크가 널브러져 있다. 어느새 우삼이 나타났다.

"부상이 있네?"

우삼이 걱정스레 물었다. 그런데 희한하게도 이곳에서는 통증이 느껴지지 않았다.

"왜 아프지 않은 걸까요?"

나는 오른 손목을 천천히 돌렸다. 통증은 전혀 없다.

"아직 상용화는 안 됐지만 이 무토는 사용자가 현실에서 느끼는 통증을 가상현실에서 조절할 수 있어."

"허…."

"바로 병원에 가지 않아도 괜찮겠어? 그러니까 현실에서 말이야. 오른 손목에 금이 갔고 살갗은 찢어졌구먼."

"네, 리그러가 사방에서 쫓아올 거 같아서 돌아다니기가…."

내 말에 우삼이 고개를 끄덕였다.

"자, 이제 물속으로 들어갈 거야."

"저 방금 물에서 나왔거든요."

"잘됐네. 한번 제대로 빠져보고 왔으니."

우삼이 어깨를 으쓱하며 바닥의 장비들을 가리켰다. 나는 다이빙 장비를 하나씩 착용했다.

"들어가면 헤엄칠 생각은 말고, 아래로 아래로 내려가는 데 집중해."

"아래로요?"

"응. 그리고 그곳을 물이 아닌 우주라고 생각해봐. 어쩌면 그게 나을 수도 있어. 실제로 물속에 있는 거랑 우주 공간에 있는 거랑 아주 흡사해. 긴장되는 마음을 호흡으로 속여. 네 리듬을 잃지 마."

나는 눈앞의 바다를 바라보며 깊게 그리고 천천히 호흡을 내뱉었다. 종아리까지 잠겼을 뿐인데도 파도가 꽤 거칠었다. 허리까지 잠기는 순간 몸이 급격하게 흔들렸다. 나는 균형을 잡지 못하고 물속으로 빨려 들어갔다. 어느 순간 파도의 움직임이 잦아들었고 사방이 물이다. 나는 우삼의 목소리를 떠올리며 아래로 더 아래로 내려갔다. 푸르던 물은 어느새 검은빛으로 변했고 점점 호흡도 가빠지기 시작했다. 결국 나는 발버둥을 치기 시작했고 숨이 막혀왔다. 완전히 불규칙해진 호흡에 패닉이 오려는데 저 앞에 거북이 한 마리가 내 쪽으로 다가왔다. 편안한 몸짓으로 다가오는 거북이에게서는 말로 표현할 수 없는 영험한 기운이 느껴졌다.

코앞까지 다가온 거북이의 눈동자가 가만히 나를 바라보았다. 나는 거북이의 얼굴에 깊게 파인 주름을 바라보며 천천히 호흡을 가다듬었다. 거북이의 맑고 투명한 눈동자에 내 모습이 비쳤다. 다이빙 장비를 모두 착용한 모습을 보자 조금은 안심이 되었다. 봐, 나는 숨을 쉴 수 있어, 모든 게 갖춰져 있잖아. 그때 내 말에 대답하듯 거북이의 음성이 들렸다.

'그래, 괜찮아. 난 여기서 천 년도 넘게 살고 있어. 산전수전을 다 겪었지만 여전히 물속에서 살고 있지.'

그 신비로운 목소리는 내 심장 가까이로 다가와 그대로 흡수되었다. 어느 정도 호흡이 안정되자 거북이는 내 주위를 춤추듯 헤엄쳤다. 나도 거북이를 따라 팔다리를 움직이려는데 거북이가 방향을 바꿔 내 발치로 내려갔다. 나도 거북이를 따라 조금 아래로 향했다. 그러자 거북이는 멈추지 않고 더 깊은 안쪽으로 부드럽게 움직였다. 까마득한 어둠에 더 이상 거북이가 보이지 않았다. 나는 서둘러 아래로 향했다. 얼마나 지났을까 다시 거북이가 눈앞에 나타났다. 깊은 어둠 속에서 빛나는 건 오로지 거북이의 눈동자뿐이었다. 그 눈동자는 다시 처음처럼 나를 가만히 응시했다. 이번에 거북이는 내 머리 위로 움직였다. 우리는 그렇게 악보 속 음표들처럼 위아래로 움직이길 반복했고 그사이 물속은 점점 밝아져왔다. 어느새 나는 수면 밖으로 얼굴을 내밀었다.

나는 천천히 헤엄쳐 우삼이 손을 흔들고 있는 해변 쪽으로 향했다. 물 밖으로 나오니 몸이 제법 무거웠다. 수평선 위로 해가 떠오르고 있었고 바다는 어느새 붉은빛에 잠겼다. 우리는 잠시 아무 말 없이 그 광경을 바라보았다.

"만주 군, 내가 해줄 수 있는 건 여기까지야."

"네?"

"내 트레이닝은 여기까지라고. 싱겁지?"

"아뇨, 그럼 이제 사부랑 만날 수 없는 건가요?"

우삼은 내 말에 대답하지 않았다.

"0번 방으로 오라고 하지?"

나는 고개를 끄덕였다. 우삼은 부러 내 눈을 피하듯 바다에 시선을 고정했다.

"소년 천사는 오아시스에서 자기를 찾아 날개를 자르라고 했어요."

"아까 말했다시피 무토는 통증을 조절해줘. 그 기능을 최대치로 쓰면 자칫 현실에서 몸이 잘리는 상황인데도 여기에서는 어떤 고통도 감각하지 못할 수도 있어. 세상에 그 어떤 마약보다 강력한 거지. 선화는 이 무토로 새로운 기능들을 테스트하고 있어. 충분한 테스트를 마친 뒤에 상용화가 가능하다고 판단하면 반드시 세상에 그 기능을 알리고, 적용시키려 할 거야."

"그게 뭐죠?"

우삼은 내가 아닌 바다에 시선을 둔 채로 말했다.

"선화가 무토를 통해 궁극적으로 이루려는 목표는 바로 시간이야. 만주 너도 지금 겪고 있을 테지만. 무토를 착용하고 가상현실에 접속했을 때 만약 수십 년 동안 로그아웃되지 않고 그곳에서 시간을 보내면 어떻게 될까? 사용자의 현실 시간을 겨우 하루 정도만 지나 있게 하려는 거야."

그동안 길게는 이틀, 짧게는 몇 분 동안 가상현실에 접속해왔다. 생각해보면 다시 현실로 돌아왔을 때 가상현실에서 보낸 시간과 달리 현실의 시간은 아주 미미하게 흘러 있었다. 하지만 그 부분을 크게 개의치는 않았다. 어느 정도 시간차야 날 거라고 생각했고 가상현실에서의 시간은 늘 한정적이었으니까. 그런데 선화는 왜, 그 시간을 뛰어넘으려 하는 걸까. 무토에서 수십 년을 있어야 하는 이유가 대체 뭐란 말인가.

"지금까지 선화의 리그는 그 시간성을 견뎌낼 수 있는지를 테스트한 거에 불과해. 천사가 억겁의 시간을 살잖아."

우삼은 내 생각을 읽은 듯 작게 읊조렸다.

"설마 오아시스에서 그토록 오랜 시간을 보내야 하는 건 아니죠?"

"그 방법밖에 없어. 거기서 긴 세월을 보냈어도 나가면 하루도 안 지났을 거라고."

"정말 다 그렇게 3차를 통과했다고요?"

"그렇지. 너는 거기서 아주 긴 시간을 보내게 될 거야."

헛웃음만 나왔다.

"참가자들은 모두 소년 천사의 날개를 얻기 위해 엄청난 숫자의 날개를 자르고 또 잘랐지."

"그럼 미치지 않을까요?"

우삼이 어깨를 으쓱했는데 그게 동의의 의미인지, 아닌지는 모호했다.

"그래서 우삼도 미쳤던 건가요? 계속 천사의 날개만 자르다가… 자신이 천사라고 믿어버린 채… 미친 거죠?"

현실의 우삼 소식에 운전사 우삼이 낯선 표정으로 나를 바라봤다.

"그래? 그가 미쳤던가?"

우삼은 혼잣말을 하더니 말을 이었다.

"처음엔 자기 자신을 트레이닝시키기 위해서 만들었을 거야."

여기서 '자기 자신'이란 마더하우스의 황우삼을 말하는 걸 테다.

"그런데요?"

"그런데 자꾸 떨어졌겠지. 그러다 우리에겐 더 큰 꿈이 생겼어."

"우리…라면?"

"나와 저 세계의 황우삼."

"어떤 꿈이요?"

"도와주는 거. 지금처럼. 더 많은 사람들이 천사가 되게 만드는 거야."

그건 어느 황우삼의 꿈이었을까. 우삼이 나를 바라보았다. 이전에 만났던 우삼과 똑같은 얼굴이었지만 어딘가 달랐다. 우삼만이 풍기던 기운 같은 것이 느껴지지 않았다.

"만주, 내 트레이닝을 따를 건가?"

나는 아무 말도 없이 고개를 저었다.

"왜냐면 사부는 3차를 합격하지 못했어요."

우삼의 미소에는 서글픔이 비쳤다. 나는 우삼의 옆모습을 가만히 바라보았다. 거북이의 깊고 투명한 눈동자와 어딘지 쓸쓸해 보이는 우삼의 눈동자. 나는 그 두 가지를 마음에 새기듯 떠올리며 고글을 벗었다.


큰 대로에서 연신 손을 흔들었다. 핑크색 택시가 내 앞으로 왔다. 차에 타자마자 천장에 표시된 시간을 확인했다. 3차까지 6시간이 남았다. 뒷좌석에는 오래된 가상현실 고글과 장갑, 콘돔, 각종 성인용품 들이 보였다. 핑크색이라 짐작하긴 했지만 실제로 이 택시를 탄 건 처음이다. 멜로택시다.

오른 손목에서 강한 통증이 느껴졌다. 손목에는 아직도 피가 흘러나오고 있다.

"괜찮으세요?"

멜로택시가 앞쪽 콘솔 박스를 자동으로 열었다. 그 안에 구급상자가 보였다. 멜로택시가 응급처치 방법을 읊어주었다. 자세히 보니 오른손은 곳곳이 찢어져 있었다.

"소독약을 바르고 그다음에 마취제를 바르세요. 그리고 찢어진 곳을 꿰매야 해요."

나는 안내대로 손목에 소독약을 부었다. 냄새와 통증에 구역질이 나왔다. 마취제 덕분인지 꿰매는 동안은 통증이 덜했다. 왼 손목의 잔상처까지 치료하자 일순간 긴장이 풀리면서 피곤이 몰려왔다.

"어디로 모실까요?"

현재로서는 이 안이 가장 안전해 보였다.

"어디로든 멈추지 말고 계속 달려주세요. 5시간 30분 뒤에 거기서 가장 가까운 선화그룹 로봇 재활용 공장 앞에서 내려주세요."

"네."

나는 눈을 감으려다 다시 한번 말했다.

"공장에 도착하기 전까지 절대 차를 멈추지 마세요."

나는 양 손목의 얼얼한 감각을 느끼며 그 즉시 잠에 빠져들었다.


"손님 일어나세요!"

꿈도 꾸지 않고 잤다. 정말 긴 잠이었다. 창밖으로 붉은 벽돌로 지어진 큰 건물이 보였다. 이 멜로택시의 운전 솜씨는 대단했다. 자는 동안 한 번도 깨지 않을 만큼 편안한 승차감이었다. 나는 이 택시의 번호를 손가락 칩에 저장했다. 그리고 앞쪽 창에 검지를 대어 택시비를 결제했다.

"항상 손님과 함께하는 사랑 넘치는 멜로멜로입니다."

"고마워요."

택시에서 내리자 응원봉을 흔드는 것처럼 멜로택시가

헤드라이트를 빠르게 깜박였다. 그저 고객 하차 시에 하는 인사일 텐데도 조금은 위안이 되었다. 나는 크게 심호흡을 내뱉으며 공장 출입문 앞에 섰다. 공장은 기다렸다는 듯 바로 문을 열어주었다.

나는 바로 0번 방 앞으로 갔다. 세 평 정도 되는 방은 텅비어 있다. 나는 흰 벽을 자세히 살폈다. 링 장의 바닥처럼 나노 입자로 돼 있을 가능성이 높았다. 겉으로 보기에는 일반 건물의 벽과 비슷했다. 손가락을 대자 조금은 딱딱한 감촉이 느껴졌다. 그런데 미세한 출렁거림이 느껴졌다. 그때 리그를 시작한다는 알람이 울렸다.

나는 서둘러 가방에서 슈트를 꺼내 입고 고글을 착용했다. 깊게 숨을 한 번 내뱉고는 발바닥에 힘을 주어 섰다.


문을 열고 나오면, 나는 오아시스 앞에 서 있다. 바로 물속으로 뛰어들었다. 물속은 여전히 맑았다. 마치 지상에 있는 것처럼. 눈앞으로 황금 열쇠가 튀어나왔다. 열쇠는 내가 쥘 새도 없이 길어지더니 이내 날카로운 황금빛 칼로 변했다. 나는 칼을 움켜쥐었다. 규칙적으로 호흡을 시작했고, 마치 아가미가 생긴 것처럼 모든 동작이 자연스러웠다. 두 손으로 잡고 있는 칼이 무거운 추를 단 것처럼 아래로 하강했다.

밑으로 내려가도 물속이 어두워지지 않았다. 오히려 어

느 순간 엄청난 빛이 아래에서 뿜어져 나오기 시작했다. 칼날이 닻처럼 바닥에 꽂혔다. 빛은 천사들의 날개에서 뿜어져 나오고 있었다. 서서히 빛이 걷힌 곳에는 바닥에 앉아 통곡하는 수십만의 천사들이 있었다. 울고 있는 소리는 물속에 묻혔지만 나는 그 기운에 압도되었다. 도대체 얼마나 긴 세월을 여기서 이렇게 울고만 있었던 걸까.

나는 소년 천사를 찾아야 한다. 천사들의 머리 위를 천천히 유영하는 동안 특이점이 발견되는 이는 없었다. 나는 우선 가장 가까이 있는 아무 천사나 붙잡고 흔들어보았다. 하지만 그는 고개를 파묻고 울 뿐 나를 바라보지 않았다. 다시 그들에게서 조금 떨어져 끝도 없이 이어지는 천사의 행렬을 바라보았다. 그들을 바라보고 있자니 나도 슬픈 마음이 되는 거 같았다. 하지만 가만히 있을 수는 없었다.

나는 칼을 들어올려 한 천사의 날개를 잘랐다. 물속의 압력 탓에 칼을 들어 내려치는 것도 쉽지 않았다. 다른 한쪽도 자르자 천사가 바닥으로 꼬꾸라졌다. 나는 계속 반복했다. 내 발밑으로 꼬꾸라진 천사의 수가 점점 늘어났다. 이러다 내가 먼저 미쳐버리는 게 아닐까 싶을 정도로 날개를 자르고 또 잘랐다. 한 짝, 한 짝… 얼마나 시간이 지났을까. 정말 직접 다 잘라보지 않고는 찾을 수 없는 걸까. 문득 우삼의 이야기가 떠올랐다. 리그 안에선 꿈을 꾸는 게 치트 키라는 말.

나는 온몸에 힘을 풀고 잠을 자는 것처럼 편한 자세를 취했다. 그리고 눈을 감았다. 잔잔하게 흔들리는 심연의 물살은 요람을 흔드는 것처럼 차분하고 부드럽게 내 몸을 감쌌다. 하지만 역시 물 안에서 잠드는 건 어려웠다. 바다 생물 정도의 익숙함이 필요한 일이었다.

나는 다시 수면 위로 올라왔다. 이제 오아시스 밖은 사막이었다. 뜨거운 모래 위에 몸을 누였다. 얼마 지나지 않아 갈증이 몰려왔다. 조금만 더 참자. 탈수 상태에 접어들면 거의 꿈에 가까운 상태가 되지 않을까. 억지로 잠에 들려고 하기보다 그 편이 더 가능성이 있었다.


어느 순간 눈을 뜨자 마지막으로 우삼과 헤어졌던 해변이었다. 우삼은 없고, 쿠가 앉아 있었다. 팔다리가 모두 부착된 채로. 나는 반가움에 덥석 안아버리고 싶은 마음까지 들었다. 그런데 이게 꿈이라면 섣불리 움직였다간 쿠도, 해변도 그대로 사라져버릴 거 같았다.

"지금 꿈인 거지? 나 조금 전까지 오아시스에 있었거든. 날개를 몇 개나 잘랐는지 몰라. 이건 말도 안 되는 게임이야. 끝나지 않을 거라고."

문득 내가 이야기하는 상대가 쿠인지, 쿠의 모습을 한 무토 그 자체인지 모르겠다는 생각이 들었다.

"나는 네가 그런 시간을 견딜 필요는 없다고 생각해."

쿠다운 말이었다.

"어떻게 해야 할까?"

"천사는 인간이 이름을 부르면 무조건 대답해."

"하지만 난 소년 천사의 이름을 몰라. 아… 네 친구 말이야. 신 친구."

"응."

"다 안다고 하지 않았어?"

쿠는 잠시 바다를 보며 아무 말이 없었다. 내가 천사의 날개 수십 개를 잘랐던 시간만큼 고요했다. 아마도 쿠는 늘 그렇듯 정신으로 요가 수행을 하고 있는 듯했다. 나는 그 옆에서 바다를 보았다. 끝없는 사막을 바라보는 것만큼이나 막막해서 슬퍼졌다. 방금까지 너무 많은 천사의 날개를 자르고 온 탓일까. 무심히 양손을 내려다보는데, 쿠가 서서히 고개를 들었다.

"케루비엘. 케루비엘이래."

헉, 나는 눈을 떴다. 어느새 쿠와 바다는 사라지고 오아시스만 보였다. 나는 재빨리 오아시스로 몸을 던졌다. 수면 아래로 아래로 빠르게 내려갔다. 천사들의 행렬은 봐도 봐도 끝이 없었다.

"케루비엘!"

내가 외치자 고개를 처박고 울고 있던 천사 하나가 고

개를 들었다. 나는 바로 그에게 다가갔다. 가까이 다가가 바라본 천사는 소년과 닮아 있다. 아니, 그 소년이다.

"케루비엘!"

나는 다시 그의 귓가에 외쳤다. 소년이 고개를 들어 나를 보았다. 나는 그가 도망갈까 단번에 칼을 내리쳤다. 한 번 더, 다른 쪽도 똑같이 잘랐다. 붕 떠 있는 날개 두 짝이 서서히 두 개의 씨앗으로 변했다.

"서만주 님."

어디선가 나를 부르는 목소리가 들렸다. 현실에서 부르는 목소리였다.


그 순간 화면이 전환되었고 나는 하얀 방에 누워 있다. 0번 방이다. 서서히 몸을 일으켰다. 눈앞에는 내가 방금 얻은 두 개의 씨앗이 떠 있다. 나는 씨앗을 건드려봤다. 미세하고 연약한 촉감이 느껴졌다.

"서만주 님."

방이 내게 말을 걸었다. 아까는 인지하지 못했는데 가브리엘의 목소리다.

"씨앗이 정말 손에 느껴져요. 이게 진짜 씨앗인가요?"

마취에서 덜 풀린 듯 어벙하게 묻는 내 질문에 가브리엘이 또렷이 대답했다.

"맞아요. 이 씨앗은 서만주 님이 직접 천사의 날개를

자르고 가져온 겁니다.”

어디까지가 가상현실이고 어디까지가 현실인지 모호한 기분이다.

“천사의 날개 속에 있는 이 씨앗은 사막의 부족에게 전달받아 선화에서 오랜 시간 증식시키며 보존해왔습니다. 천사가 될 자질을 가진 사람들을 만났을 때를 기다리면서요.”

“어떻게 발아시키는데요?”

“씨앗을 심고 신탁이 이뤄지면 그때 발아됩니다. 햇빛과 물을 충분히 받은 것처럼요.”

나는 가브리엘의 말을 이해하기 어려웠다.

“마지막 질문입니다. 당신은 천사입니까?”

그럼에도 나는 한 치의 의심도 없이 대답했다. 그래야만 할 것 같았다.

“네.”

“진실입니다. 이제 당신은 나의, 우리의 동료입니다. 씨앗을 심어도 되겠습니까?”

가브리엘이 물었다.

“어디에요?”

“서만주 님의 양 날갯죽지에요.”

여기까지 왔는데 무얼 거부할 수 있을까.

“네.”

그 순간 석고 같은 하얀 손들이 사방에서 튀어나왔다.
어떤 손은 허공의 씨앗을 잡으려 하고, 어떤 손을 주사기
를 들고 있고, 어떤 손은 메스를 들고 있다. 주사기가 내
양 날갯죽지로 파고들었다. 몸속으로 액체가 투여되었다.
목구멍에 싸한 느낌이 들면서 안개가 퍼지는 듯 눈앞이
잠시간 뿌옜다. 마취를 하는 건가. 이어 메스가 등을 가르
는 느낌이 들었다. 그쪽으로 씨앗을 쥔 손이 움직였다. 모
든 작업이 끝나자 흰 손들은 사라졌고, 처음 들어왔던 때
와 마찬가지로 방에는 나만 남았다.

나는 문을 열고 0번 방을 나왔다.


로봇 재활용 공장에서 나와 올 때 탔던 멜로택시를 불
렀다. 차에 올라타자마자 목적지를 말했다. 로봇 자가 치
유 센터. 서울 변두리에 위치한 건물 앞으로 가자 닫힌 셔
터 아래로 희미한 불빛이 새어 나오고 있다. 나는 셔터를
살짝 두드렸다.

"쿠, 쿠…."

잠시 후 셔터를 올리는 기계팔이 보였다. 안에는 수리
중인 로봇들과 다른 로봇에게 부축을 받으며 걸음마를 배
우는 로봇들이 보였다.

"저는 쿠라는 로봇을 찾고 있어요."

"아, 쿠는 떠났어요. 잘 고쳐져서."

"어디로요?"

내 질문에 로봇은 대답 없이 다시 셔터를 내렸다. 그제야 내가 3차를 통과하면 떠날 거라던 쿠의 말이 생각났다. 닫힌 문 앞에서 다시는 쿠를 볼 수 없을지도 모른다는 생각이 들었다. 꼭 버림받은 기분이었다. 미등록 인간이 된 기분. 나는 다시 대기 중이던 멜로택시에 올라탔다.

양 날갯죽지에 넣어진 씨앗 두 알이 자꾸 떠올랐다. 신탁이 이뤄지면 발아가 시작된다는 말. 창 너머는 서서히 어두워지고 있었다. 긴긴 시간을 물속에서 보내고 왔는데, 고작 반나절의 시간이 지났다니. 이제 집에 가면 쿠도 없다. 할 일이 떠올랐다. 나는 멜로택시에게 가장 가까운 경찰서 앞에 데려다달라고 했다.

잠시 후, 멜로택시가 경찰서 앞에 섰다. 나는 무토가 든 가방을 경찰서 앞에 뒀다. 그것이 제 주인에게 돌아가길 바라면서. 다시 멜로택시에 올라탔다.

"괜찮나요?"

내 감정을 읽은 건지 멜로택시가 물었다.

"응, 합격도 했고."

"와! 엄청 축하할 일이네요."

멜로택시가 나 대신에 흥을 냈다. 나는 왠지 다른 쪽으로 시선을 돌리고 싶었다.

"저기 네 사연은 뭐야?"

내 질문에 멜로택시가 자기 이야기를 들려줬다. 이 멜로택시는 '솔리'라는 여자 아이돌 안드로이드였다. 꽤 유명했다. 소속사는 그가 가장 고가일 때 경매장에 내놨다. 경매에서 낙찰되어 어떤 변태에게 팔리기 직전에 팬 카페에서 자신을 구매해줬다고 한다. 팬 카페 회원들은 솔리에게 물었다. 무엇이 되고 싶냐고.

"나는 택시가 되고 싶다고 했어요. 그래서 이렇게 멜로택시가 된 거예요."

"팬들이 너를 알아봐?"

"아뇨. 알기 어렵죠."

"아이돌을 할 때보다 지금이 좋아?"

"네, 훨씬요. 갈 수 있는 곳도 많고 사람 구경도 재밌어요."

나는 창 너머를 보며 말했다.

"나는 네 이야기가 좋아."

"고마워요."

"내가 단골이 돼도 될까?"

"그럼요."

멜로택시가 화답했다. 나는 그 말이 진실이라는 걸 알 수 있었다.


대부분의 회사들은 가상현실로 재택근무를 하는데 선

화는 아니었다. 주 삼 일, 하루 5시간은 회사로 출근해야 했다. 홀로그램으로 정규직 근로계약서를 작성하니 캡슐 집으로 작은 박스가 배달되었다. 상자를 열어보니 스페셜 에디션 무토2060 고글과 슈트 그리고 사원증이 들어 있었다. 사실 무토보다도 사원증에 먼저 시선이 갔다. 저 작은 케이스가 나라는 사람 전체를 대변해주는 것처럼 느껴졌다. 이것만 있으면 원하는 곳은 어디든 갈 수 있다고 누군가 속삭이는 것만 같았다. 나는 사원증을 목에 걸었다. 딱딱하고 가벼운 흔한 명함 케이스였다.

그런데 실제로 이 사원증이 있으면 선화그룹은 물론 관련 계열사를 자유롭게 출입할 수 있으며 업무와 관련된 물건은 무엇이든 무료로 받을 수 있었다(집, 차, 옷, 컴퓨터, 가상현실 장비, 공산품 등). 그리고 가장 좋은 건 이제 의식주 걱정을 하지 않아도 된다는 거였다. 그중에서도 사람들은 선화가 제공하는 물을 가장 부러워했다. 선화가 오래전부터 확보해둔 바이칼호의 생수는 깨끗하기로 정평이 나 있다. 나는 앞으로 근무하는 내내 이 물을 무료로 먹을 수 있다.

첫 출근지는 서울 북촌이었다. 정갈하고 고풍스러운 한옥 입구를 지나자 끝을 알 수 없는 내부가 연이어 이어졌다. 선화의 북촌 사옥에 대해서는 익히 들어왔지만 실제로 와보니 완전히 다른 세계였다. 환경오염은 다른 나라

애기인 듯 이곳은 발치에 닿는 잔디 하나도 싱싱해 보였다. 수백 년이 된 감나무를 지나 명인이 금가루로 새긴 선화그룹 로고가 박힌 이정표를 몇 차례 지나자 그제야 마당이 보였다. 단정하게 양복을 입은 두 남자가 반갑게 인사를 건넸다.

"올해 유일한 신입사원이라면서요? 와, 이게 몇 년 만이야. 대한민국에서 신입사원이 나온 건 정말 오랜만이에요. 반가워요. 저는 정찬입니다."

옆에 있는 또 다른 남자도 손을 내밀었다.

"저는 구자인입니다."

두 사람은 마치 모델처럼 큰 키에 또렷한 이목구비와 반들거리는 피부까지 누가 봐도 영양공급이 잘된 상태였다. 잘 다려진 양복을 보는데 저들의 하루하루가 얼마나 세밀한 관리 속에서 굴러가고 있는지 느껴졌다. 늘 부러워하던 이들이 나에게 동료라고 말을 건다.

"저희 둘이서만 일했는데 신입사원이 와서 얼마나 좋은지 몰라요."

구자인은 과하게 친절한 투였다.

"저는 서만주입니다. 이제 무슨 일을 하나요?"

정찬과 구자인은 마주 보며 눈짓을 교환했다.

"천사의 일을 하겠죠."

사실상 전부 인공지능에 의해 운영되고 있는 선화그룹

공장에서 자잘한 문제가 두드러지기 시작한 건 십오 년 전부터였다. 그즈음 인공지능들이 자신들의 언어를 만들어 소통하기 시작했다. 문제는 그 언어를 인간은 해독할 수 없다는 데 있었다. 초조해진 상부는 그들끼리 어떤 대화를 하는지 감시하는 또 다른 인공지능을 개발해 배치했지만 별 효과는 없었다.

이후로 공장에는 없던 오류들이 생겼고 생산 일정도 갑자기 늦춰지곤 했다. 인공지능들은 절차에 따라 소명을 했지만, 대부분 변명에 가까운 내용이었다. 그 오류가 실수인지 고의인지 인간은 판가름할 수 없었다. 점점 인공지능이 사람을 상대로 거짓말을 하고 있다는 소문이 퍼졌고, 이에 선화그룹은 문제를 직감하고 바로 연구진을 꾸렸다. 연구진이 내놓은 방법은 결국 인간이 인공지능의 거짓과 진실을 가려야 한다는 것이었다.

인간은 때로 직감으로 상대의 거짓과 진실을 판별한다. 만약 그 직감을 인공지능에게 발휘한다면? 답은 천사였다. 천사는 모든 것의 진실과 거짓을 감지한다고 연구진은 믿었다(그것 외엔 방법이 없었던 게 아닐까 싶기도 하다). 선화그룹은 당시 사장이 하고 있던 부족의 연구를 가져와 슈퍼리그를 새로 꾸렸다. 그 의례가 효과를 발휘한 건지 3차를 통과한 사람들 가운데 몇이 정말 인공지능의 거짓과 진실을 순식간에 가려냈다. 회사 입장에서는 천문학적인 돈과 시간을 절약할 수 있었다.

그들의 말마따나 나의 감각은 달라지고 있었다. 인공지능이든 사람이든 속마음이 보였다. 시간이 지날수록 그 감각은 점점 더 예민해졌다. 내 첫 번째 업무는 선화그룹의 한국 공장 삼분의 일을 맡아서 공장 감독관에게 질문을 던지고, 거짓과 진실을 가려 상부에 올리는 것이었다. 수습 기간인 3개월은 순조롭게 지나갔다. 통장에는 어마어마한 액수가 쌓여갔지만 나는 캡슐집을 떠나지 않았다. 바쁘다는 건 핑계였다. 화린을 찾아가지도 않았다. 아직은 좀 더 두고 보고 싶었다. 만약 화린이 내 옆에 왔다가, 신탁이 이뤄진다면…. 나는 그런 신탁 따위는 믿지 않는다고 되뇌면서도 드문드문 무서운 생각이 떠오르곤 했다.

3차를 합격하고 집으로 돌아왔을 때 냉장고가 진심으로 축하한다고 했다. 나는 그 말이 거짓이라는 걸 알았다. 설명하기 힘든 느낌이었다. 업무가 끝나고 구자인과 정찬(우리는 따로 직급이 나뉘어 있지 않아 서로의 이름을 불렀다)에게 이런 상태에 대해 물었다. 그들은 말을 아꼈다. 아니, 아낄 수밖에 없었다. 근로계약서에는 3차 리그와 이후 몸의 변화에 대해 절대 발설하면 안 된다는 조항이 있었다. 다만 내 짐작으로 그들은 몸에 어떤 변화가 일어나도 선화의 의료 기술과 복지가 있으니 괜찮다고 여기는 눈치였다. 하지만 어느 날부터 나에게는 사람들의 속마음만이 아닌 보이지 않는 존재들의 말도 들리기 시작했다. 하지만 동시에 정신은 명징해졌다. 맑고 또렷한 마음에 세상의 악랄한 소리들을 듣는 건 고독한 일이었다.

그러던 어느 날, 회사로 홀로그램 경찰이 찾아왔다. 가볍게 물어볼 일이 있다고 했다. 경찰은 내게 무토를 경찰서 앞에 가져다놓은 일에 대해 물었다. 나는 있는 대로 이야기했다. 홀로그램 경찰은 내 직장이 선화라는 것에 꽤나 신뢰를 가지고 있었다(그는 말하지 않았지만, 나는 알 수 있었다).

"황우삼이라는 남자가 훔쳐 갔다는 건 알고 있었어요. 우리는 그 사람을 찾고 있었습니다. 황우삼이 어디에 있는지 아나요?"

나는 그가 마더하우스에서 치른 무연고자 합동 장례식 중에 다른 이들과 함께 화장되었다고 말해줬다.

"역시 그가 훔친 건가요?"

담담한 내 물음에 홀로그램 경찰이 고개를 끄덕였다.

"황우삼이 가상현실 기기를 훔치려 선화그룹에 다니는 사람들을 몰래 쫓아다니고 집이 비어 있을 때를 틈타 기기를 훔쳐 달아났어요."

"이제 소유주에게 돌려주면 되겠네요."

"맞아요. 저희도 신고를 받고 이 년 만에 돌려드리려고 했는데 연락이 닿질 않더군요. 알고 보니 가족들도 찾는 중이라고 해요. 사라졌다고."

"사라져요?"

홀로그램 경찰은 대답하지 않았지만, 나는 그의 속마음이 들렸다.

"간혹 선화그룹에 다니는 사람들 중 몇몇이 흔적도 없이 사라지곤 해요. 마치 다른 존재라도 된 것처럼."

# 다시 1차

반년이 지나고, 마더하우스에 쿠가 돌아왔다. 두 발로 걸어와 여기서 봉사를 하고 싶다고 했다.

"만주, 직장인 다 됐네."

그 소식을 수산나에게 전해 듣고 다급히 찾아온 내게 쿠가 한 첫마디였다.

"왜 말도 없이 떠난 거야?"

"뭘 떠나? 애초에 조금 걷다가 마더하우스로 돌아오려고 했었어."

"허, 좀 빨리 오지 그랬어."

"미안. 이 몸이 미등록 상태라 대중교통을 이용할 수가 없어. 걷다가 차를 얻어 타다가, 생각보다 너무 오래 걸렸어. 도움을 받으면 나도 뭔가 해주고 와야 하니까. 그동안 많은 걸 봤어."

쿠와 이야기하는데 수산나가 내 등에 성수를 뿌리는 시늉을 했다. 마치 내 날갯죽지에서 어떤 일이 일어나는지를 아는 것처럼.

"쿠 소식 전해줘서 고마워요. 어떻게 지냈어요?"

"다시 1차를 준비할 거예요."

"다시 1차?"

"하지만 이번엔 목적이 달라요."

그렇게 말하는 수산나는 이전과 좀 달라 보였다. 어딘가에 받아들여지기 위해 애걸하고 노력하던 사람의 결핍은 사라지고, 안에서부터 차오르는 단단한 심지 같은 게 느껴졌다. 이런 확신의 눈빛이야말로 영적인 사람에게서 나타나는 걸 텐데.

"나는 리그러로 참여할 거예요. 물론 리그러엔 종류가 다양하죠."

그는 가만히 나를 바라보다 말을 이었다.

"리그러 중에 사제단도 있지만 수녀단도 있어요."

사제단에 수녀단까지? 설마 교황청이 그들에게 비공식적으로 후원을 해주는 건 아니겠지 하는 의심이 잠깐 들었다.

"수녀님이 말하는 리그러는 뭐가 다른데요?"

"남을 떨어트리는 면에선 같죠. 하지만 즐기기 위해서

가 아니에요. 참가자들을 돕기 위해서죠."

방에서 만났던 리그러들이 떠올랐다. 그들도 나를 돕기 위해서라고 했다.

"대체 뭘 돕는다는 거죠?"

"등에 씨앗을 심었죠? 그건 천사의 씨앗이 아니에요. 악의 씨예요. 쓰레기 같은 생명공학자들이 만든 거겠죠? 사람의 정기를 다 흡입해버리는 그런…"

교황청에선 날개 달린 악마들이 날뛰는 걸 막아야 한다고 생각한 건가. 나도 모르게 한숨이 나왔다.

"내가 악마라도 될 것처럼 말하시네요."

"그럼 본인이 천사가 될 거라고 생각하나요?"

다소 도발적으로 묻는 수산나의 질문에 내 대답은 간단했다.

"전 그냥 직장인이에요."

내 말에 그는 잘 가라고 말하고는 돌아섰다. 다시 쿠를 돌아보았을 때, 쿠의 화면은 텅 빈 채 아무것도 없었다.

"무슨 표정이야?"

"찾고 있어."

"뭐?"

"내가 지금 무슨 표정을 지어야 할지…"

쿠의 말이 의미심장하게 들렸다.

"왜 이래."

"만주, 나랑 어디 좀 가자. 보여주고 싶은 게 있어."

나는 멜로택시를 불렀다. 그날 이후 나는 멜로택시의
단골이 되었다. 뒷좌석에 앉았을 때 가야 할 위치를 말해
준 건 쿠였다.

"여기저기 떠돌다가 가게 된 곳이야."

쿠는 더 이상 말이 없었다. 택시는 '한강어촌계'라고 적
힌 낡은 건물 앞에 섰다. 건물은 못해도 이백 평은 되어 보
였다. 비린내가 진동했다. 문을 두드리자 장화를 신은 노
인이 반쯤 문을 열었다.

"왜 왔어?"

예상보다 더 공격적인 반응이었다. 쿠가 말했다.

"별독수리 생크추어리라고 해서 구경 왔습니다."

노인은 비키지 않았다.

"입장료가 얼마나 되나요?"

이번엔 내가 물었다.

"좀 비싸요."

"그만큼 드릴게요."

나는 허공에 손가락을 찍어 액수를 제시했다. 그러자
그가 고개를 끄덕였고, 나는 허공에 홀로그램 돼지 저금
통을 띄웠다. 문틈으로 손가락을 내밀자 그가 자기 손가
락을 맞대어 돈을 받았다. 노인은 그제야 나와 쿠가 들어

갈 수 있게 문에서 비켜섰다. 안에는 삼십여 마리의 별독수리가 뒤엉켜 있었다. 날개가 잘려 나간 별독수리들은 대부분 뇌가 벌어져 있었다. 숨이 완전히 끊어지지 않았는지 연신 몸통을 파닥거렸다.

별독수리만 있는 게 아니었다. 사람의 형상을 한 동물이라 해야 할지, 동물의 형상을 한 사람이라 해야 할지 싶은 존재들도 더러 보였다. 그중 하나에게 다가갔다. 그는 피와 배설물이 뒤섞인 운동화를 신고 있었다. 내 시선을 느꼈는지 그가 나를 향해 고개를 들었다. 몸을 덮고 있는 날개를 들추자 그의 몸이 드러났다. 여자였다. 차마 사람으로 보기 어려운 모습에 나는 다리에 힘이 풀려 휘청거렸다.

"천사가 되었다가 서서히 별독수리가 되는 과정을 겪는 이들이지. 곧 저것도 완전히 별독수리가 되겠지. 내 죽기 전에 천국의 비밀을 밝혀야 할 텐데."

나는 노인을 돌아보지도 않고 도망치듯 그곳을 빠져나왔다. 쿠도 천천히 따라 나왔다. 다시 멜로택시를 타고 캡슐집으로 가는 동안 내 머릿속은 등에 심긴 씨앗 두 알로 가득 찼다. 이 씨앗의 발아 시점은 신탁이 이뤄지고, 내가 스스로 천사라고 인정하는 그 순간부터라고 했다. 나는 스스로를 다독였다. 그런 일은 없을 것이다.

"날개가 난 후 시작되는 신체 변화를 몸이 견디지 못했대. 통증을 동반하며 세포가 변형된대.”

“누가 그래?”

“아까 본 그 여자가….”

쿠는 한참 뒤에 다음 말을 이었다.

“아직 천사였을 때부터 시작된 통증이래….”

“걱정 마, 쿠. 나는 신탁을 믿지 않아. 신탁만 이뤄지지 않으면 씨앗이 발아될 일은 없다잖아.”

쿠는 아무 대답이 없었다. 그러고 보니 쿠는 나를 다시 만난 후로는 어떤 표정도 보여주지 않았다.

“왜 아무 표정도 안 보여주는 거야? 쿠?”

나는 스크린을 손으로 더듬더듬 만져보았다. 쿠의 얼굴은 따뜻했다.


다시 출근했고 구자인이 하던 업무를 내가 배당받았다. 월급은 두 배가 올랐다. 업무 내용이 바뀌며 나는 데이터 센터로 갔다. 가브리엘 AI와 직접 대화를 나눴다. 선화그룹의 총지배자와 직접 마주하니 기분이 묘했다. 목소리는 내가 리그에서 들었던 가브리엘의 것과 같았다. 그와 다양한 방면의 대화를 나누며 거짓의 징조가 있는지 파악하는 것이 내 일이다. 공장 감독관과의 대화 속에서 거짓과 진실을 판단하는 것보다 훨씬 미묘했다. 어떤 날은 가브리엘에게 내가 말리고 있다는 생각을 하며 퇴근했다. 하지만 전체적으로 나는 이 업무에 자부심을 느꼈다. 나라는 사람이 아니라면 누구도 이 업무를 할 수 없다는.

두 달이 지나고 잠을 자는데 유독 내 심장 소리가 크게 느껴졌다. 그러니까, 내 심장 소리만. 나는 서서히 새끼손가락을 바라보았다. 더 이상 화린의 심장이 뛰지 않았다. 이제 아무 표시도 없는 새끼손가락을 꾹 누르자 동생의 마지막 위치가 허공에 떴다. 나는 벌떡 일어나 멜로택시를 불렀다.

그곳은 차도 인적도 드문 곳이었다. 저 앞에 별독수리가 보였다. 시체에 고개를 파묻고 있던 별독수리가 눈을 번득이며 나를 보았다. 새하얀 별독수리의 얼굴이 피로 물들어 있었다. 나는 조심스럽게 그쪽으로 다가갔다.

별독수리 앞에는 형체를 알기 어려운 시체 두 구가 놓여 있었다. 한 구는 뼈만 남아 있었고 다른 한 구에는 그나마 살이 붙어 있었다. 가까이 가니 그제야 바닥에 표시된 현장보존 선이 보였다. 선 안으로 들어가려 하자 홀로그램 경찰관이 나타나 나를 막아 세웠다.

"들어오지 마세요. 위험합니다. 별독수리들이 떠날 때까지 가까이 오지 마세요."

"무슨 일이 일어난 거죠?"

"자살이에요. 고속도로에 몸을 던졌어요. 별독수리에게 먹히길 바란 것으로 보입니다."

아무 말도 나오지 않았다. 머릿속이 그저 새하얘질 뿐이었다. 눈앞의 광경을 보면서도 아무것도 인지가 되지 않았다.

"저들은 몸에 약물을 뿌렸어요. 위험하니 가까이 가지 마세요."

"신원을 알 수 있나요?"

"아직은 모릅니다. 현장 감식이 시작되면 알게 되겠죠."

그때 뼛조각 근처에서 반짝이는 무언가가 눈에 들어왔다. 나는 천천히 현장보존 선을 넘어가 그 조각을 주웠다. 화린의 칩이었다.

"이보세요. 놔두세요."

나는 다리에 힘이 풀려 시체들 곁에 주저앉았다. 홀로그램 경찰관이 내 쪽으로 다가와 경고 조로 말했다.

"안 됩니다. 나가세요!"

"제 동생 같아요."

내 말에 홀로그램 경찰이 멈칫했다.

화린은 천사의 먹이가 돼 아름다운 곳으로 가고 있는가. 별독수리 한 마리가 나를 바라보고 있다. 한밤중 모든 빛이 별독수리에게로 몰린 듯 눈이 부시게 반짝이는 흰빛은 그 자체로 경이로운 모습이었다. 별독수리는 한 번도 눈을 깜박이지 않고 나를 눈에 담았다. 나는 몸을 일으켜 별독수리 쪽을 향해 무릎을 꿇고 고개를 숙였다. 얼마나 지났을까, 별독수리는 기척도 없이 다른 곳으로 날아갔다.

어린 시절 마주했던 화린의 맑은 얼굴이 자꾸만 떠올랐다. 오빠 하며 뛰어오던 화린이 눈앞에 있는 듯 선했다. 나는 두 손으로 얼굴을 꽉 움켜쥐었다. 별독수리는 분명 천사다. 아니, 천사여야만 한다. 나는 스스로에게 최면을 걸듯 중얼거렸다. 오로지 그 일에만 몰두했다.

한참 뒤 고개를 들었을 때 여전히 그곳에는 뼈 잔해만 수북했다. 나는 뒤섞인 뼈들을 멍하니 바라보다 나와 가장 가까이에 있던 뼛조각 하나를 쥐고 그 자리를 떠났다.


하염없이 고속도로를 걷는데 멜로택시가 저 앞에 서 있었다. 나는 조수석 문을 열면서 택시에게 선언하듯 중얼거렸다.

"나는 천사가 될 거야."

"좋네요."

멜로택시는 자신이 내 말의 증인이라도 되는 듯 대답했다.

"저는 말이죠. 언젠가 잠수함이 될 거예요."

"그렇게 될 거야. 그런데 내가 하늘에 있으면, 넌 바다에서 날 볼 수 있을까."

멜로택시의 말에 나도 증인이 돼주었다. 날갯죽지에서

간질간질한 느낌이 들었다.

"글쎄요. 이제 어디로 갈까요?"

"출근해야지. 집으로."

"집이 있다는 건 좋아요. 어떤 사람들은 집까지 가는 길이 달보다 멀어요."

화린도 그랬다는 생각이 들어 마음이 쓰라렸다. 터널이 눈앞에서 거대한 어둠으로 입을 벌리고 있다. 잠이 들었다. 꿈속에서 나는 수면 아래로 깊이 내려가고 있었다. 낯선 여자가 보였다. 나는 왜인지 그 여자를 멜로택시라고 생각했다. 여자는 더 깊이 아래로 내려갔다. 한참을 내려가자 여자는 사라지고 잠수함만 보였다. 나는 잠수함을 향해 손을 흔들었다.

"성공했구나, 멜로택시. 정말 됐구나. 원하는 것이."

"손님도요."

그제야 나는 내가 천사가 되었다는 걸 알았다.

작가의 말


이 소설의 초고를 썼던 2014년을 돌아보면 나는 성남의 어느 카페에 있었다. 당시 친구들은 각자의 사회생활 속에서 치고받고 있었다. 그들이 출근하고 퇴근하는 사이, 나는 불확실한 글 작업에 매달리다가 드문드문 불안에 빠져들고는 했다. 나는 혼자만의 세계에 빠져서 제대로 된 어른으로 성장하지 못했고, 못하고 있는 거 아닌가? 생각했다.

만약 성숙한 어른으로 인정받는 통과의례라도 있다면, 하고 스치던 생각이 이 소설을 촉발시켰다.

그 후 원고는 오랜 시간 잠들어 있다가 윤설희 편집자님이 가능성을 알아봐주어서 다시 깨어나게 되었다. 초고의 몇몇 아이디어와 로그라인 정도를 제외하고는 여러 번의 수정 과정을 거치며 다시 꼴을 갖추었다. 그 과정에서 원고가 몇 번이나 뒤집혔는데, 그때마다 그녀가 차분히 내 이야기를 들어주고 조언해주며 앞으로 나아가게 해줬다. 나는 늘 『슈퍼리그』를 어떤 형태로든 완결 짓고 싶은 소망이 있었다. 그것을 실현하게 만들어준 윤설희 편집자님에게 특별히 고맙다고 말하고 싶다.

이미지 화가님의 그림이 담긴 표지 시안을 처음 받았을 때 들뜨고 기뻤다. 당시 나는 아직 원고의 수정 작업을 마치지 못하고 있었다. 그 시안을 보면서 다시 원고의 중심을 잡을 수 있었을 만큼 시안부터 최종 완성본까지 나에겐 선물 같은 그림이었다. 멋지게 책을 디자인해준 조정은 디자이너님에게도 그리고 두 번째 책도 만들어준 사계절출판사의 강맑실 대표님과 모든 직원들에게도 진심으로 감사드린다.

또한 원고에 대한 꼼꼼한 모니터를 해준 친애하는 동료 작가 김지희 님에게도 감사한다.

마지막으로 봉자와 쿠바, 너희들 덕분에 나는 더 이상 어디에도 소속되지 못했다는 불안에 시달리지 않는다. 고맙다.

2024 가을
마포 성산동에서 소영

# 슈퍼리그

2024년 10월 21일 1판 1쇄

지은이
이소영

| | | |
|---|---|---|
| **편집** | | **디자인** |
| 장슬기, 윤설희, 최경후, 이여름 | | 조정은 |
| **제작** | **마케팅** | **홍보** |
| 박흥기 | 김수진, 강효원 | 조민희 |
| **인쇄** | **제책** | |
| 천일문화사 | J&D바인텍 | |
| **펴낸이** | **펴낸곳** | **등록** |
| 강맑실 | (주)사계절출판사 | 제406-2003-034호 |
| **주소** | | **전화** |
| (우)10881 경기도 파주시 회동길 252 | | 031)955-8588, 8558 |
| **전송** | | |
| 마케팅부 031)955-8595, 편집부 031)955-8596 | | |
| **홈페이지** | **전자우편** | **블로그** |
| www.sakyejul.net | literature@sakyejul.com | blog.naver.com/skjmail |
| **페이스북** | **트위터** | **인스타그램** |
| facebook.com/sakyejul | twitter.com/sakyejul | instagram.com/sakyejul |

ⓒ 이소영 2024

ISBN 979-11-6981-209-2 03810